레
몬

레몬

가지이 모토지로 단편선

안민희 옮김

檸檬

북노마드

차례

레몬   1925 —— 6

기악적 환각   1928 —— 20

K의 승천 — 혹은 K의 익사   1926 —— 28

교미   1931 —— 44

태평한 환자   1932 —— 60

옮긴이의 말 —— 102

작가 연보 —— 115

레몬

1925

檸檬

정체를 알 수 없는 불길한 덩어리가 마음을 내리 짓누르고 있었다. 초조함이라 해야 할지 혐오감이라 해야 할지, 술을 마신 후 숙취가 오는 것처럼 매일같이 술을 마시면 숙취에 상응하는 시기가 찾아온다. 그게 온 것이다. 이건 좀 위험했다. 결과적으로 발병할 폐첨 카타르°나 신경쇠약이 위험한 것이 아니다. 등짝을 뜨겁게 달굴 듯이 늘어난 빛이 위험하다는 것도 아니다. 위험한 것은 그 불길한 덩어리다. 이전에는 나를 행복하게 했던 어떤 아름다운 음악도, 어떤 아름다운 시 한 구절도 견딜 수 없이 싫어졌다. 축음기를 틀어주는 가게에 가서 음악이나 들어볼까 해도 두세 소절 만에 자리를 박차고 나가고 싶어진다. 뭔가가 나를 가만히 앉아 있지 못하게 한다. 그리하여 나는 온종일 이 거리 저 거리를 오가고 있었다.

○ 폐결핵 초기 증상.

이유를 알 수 없지만 그즈음의 나는 하찮고도 아름다운 섯에 강하게 이끌렸다. 풍경을 예로 들자면 다 무너져가는 거리, 그 거리 중에서도 겉만 번지르르한 큰길보다는 정감 어린, 즉 더러운 빨랫거리가 널려 있고 온갖 잡동사니가 굴러다니는 정신 사나운 방을 들여다볼 수 있는 뒷골목이 좋았다. 모든 것이 비를 맞고 바람에 깎여 마침내 흙으로 돌아갈 것 같은 정취가 느껴지는 거리. 담벼락이 무너지고 집이 기울어져가는 곳, 그런 곳에서 무사히 살아남는 것은 식물밖에 없다. 가끔씩 해바라기나 칸나가 피어 있는 모습에 깜짝 놀라곤 한다.

때때로 그런 길을 걷다가 문득 여기가 교토京都가 아니라 교토에서 몇 백 리는 떨어진 센다이仙台나 나가사키長崎 같은 동네인 건 아닐까 하는 착각을 일으키려 해본다. 가능하다면 교토에서 벗어나 아무도 모르는 곳으로 도망치고 싶었다. 나에게는 무엇보다 안정이 필요했기 때문이다. 한산한 여관방 하나, 깨끗한 이불, 좋은 냄새가 나는 모기장과 곱게 풀 먹인 유카타. 그런 곳에서 한 달 정도 아무것도

8

생각하지 않고 가만히 누워 있고 싶다. 눈 한 번 깜빡하니 그곳이라면 얼마나 좋을까? 이윽고 착각에 빠져들면 계속해서 상상의 물감을 덧칠해간다. 별 것은 아니고 그냥 내 착각과 무너져가는 거리를 겹쳐 보는 것이다. 그 안에서 현실의 내 모습을 잃어버리는 것이 마냥 즐거웠다.

불꽃놀이도 참 재밌었다. 불꽃놀이는 둘째 치고 싸구려 물감으로 칠한 빨간색, 보라색, 노란색, 파란색에 여러 가지 줄무늬가 그려진 폭죽 다발을 보는 게 좋았다. '나카야마데라中山寺에 내리는 별', '불꽃 싸움', '마른 억새' 그리고 하나하나 심지를 동그랗게 말아서 상자에 넣은 '쥐불' 등등의 폭죽. 그런 것들이 묘하게 내 마음을 뒤흔들곤 했다.

'비드로'라고 히는 색유리로 물고기나 꽃무늬를 박아 넣은 구슬 또한 좋았고, 비즈도 좋았다. 구슬을 핥아보는 것이 최고로 즐거운 놀이였기 때문이다. 비드로만큼 은은하고도 청량한 맛이 나는 것은 없다! 어릴 때 자주 입에 넣고 놀다가 부모님에게 혼나곤 했는데, 어린 시절의 달콤한 기억이 나이를 먹고 볼품없어진 지금에 와서 되살아난 탓일까? 그 맛은 은은하면서도 산뜻하고, 뭔가 시석인 아름다움이 느껴지는 미각이 감도는 것만 같았다.

짐작하겠지만 나는 돈이 하나도 없다. 그렇다고는 해도 이런 것들을 보고 조금이나마 마음이 동했을 때 스스로를 달래기 위해서는 사치가 필요했다. 2전이나 3전 정도 하는 것.° 그러면서도 사치스러운 것, 아름다운 것. 그러면서도 무기력한 나의 촉수에 들러붙는 것. 그러한 것들이 자연스럽게 내 마음을 달래주었다.

이렇게까지 생활이 힘들어지기 전에 내가 좋아했던 장소를 하나 들자면 마루젠丸善이라는 수입품 상점이 있었다. 붉은색과 노란 빛깔을 띤 향수나 헤어 토닉, 세련된 유리 세공품이나 고급스러운 로코코풍 물결무늬가 새겨진 호박색과 비취색 향수병, 담배 파이프, 단도, 비누, 담배. 나는 그런 것들을 보는 데 한 시간가량을 쓰기도 했다. 그리고 결국 가장 좋은 연필 한 자루를 사는 정도의 사치를 부렸다.

○ 약 100엔에서 150엔 정도.

1 0

하지만 마루젠도 그 시절의 나에게는 숨 막히는 공간에 불과했다. 서적, 학생, 계산대…… 이런 것들이 모두 빚쟁이의 망령으로만 보였던 것이다.

어느 날 아침 ─ 그즈음 나는 하루는 친구 A집, 하루는 B집, 이런 식으로 친구가 머무는 하숙집을 전전하며 살고 있었다 ─ 친구가 학교에 가고 공허한 분위기 속에 나는 홀로 오도카니 남겨졌다. 또다시 밖으로 나가 방황을 해야 했다. 뭔가가 나를 몰아붙였다. 그리하여 이 거리에서 저 거리로, 아까 언급한 뒷골목을 걸어 다니기도 하고 과자 가게 앞에 잠시 멈춰 섰다가, 건어물 가게에서 말린 새우나 말린 명태, 두부 껍질 등을 구경하기도 했다. 이윽고 니조二条 방향으로 데라마치寺町 거리를 걷다가 어느 과일 가게에서 걸음을 멈추었다. 여기서 잠시 이 과일 가게를 소개하고 싶다. 이곳은 내가 아는 가게 중에서 가장 좋아하는 곳이다. 결코 멋들어진 가게라고는 할 수 없지만, 과일 가게 고유의 아름다움을 가장 노골적으로 느낄 수 있었다. 과일은 제법 경사진 받침대에 진열되어 있었는데, 그 받침대는 군데

군데 오래된 느낌이 나는 옻칠한 판자였던 것 같다. 눈을 마주친 사람을 돌로 만들어버린다는 메두사의 머리 같은 것을 눈앞에 들이미는 바람에 화려하고 아름다운 음악의 빠른 템포가 저런 색채와 볼륨으로 덩어리져서 굳어버린 것처럼 과일들이 줄지어 있다. 가게 안쪽으로 들어가면 갈수록 채소류도 높게 쌓여 있다. 실제로 그곳에 진열된 당근 줄기의 아름다움이란 대단했다. 물에 담가둔 콩이나 쇠귀나물이나 그런 것들도.

과일 가게가 있는 건물은 밤에 더 아름답게 보였다. 데라마치 거리 일대는 번화가라서 ─ 물론 그 느낌이 도쿄東京나 오사카大阪에 비하면 훨씬 한산하지만 ─ 창문을 넘어 수많은 빛이 거리로 흘러나왔다. 그 와중에 이유는 알 수 없지만 과일 가게 주변만 희한하게 어둡다. 원래 그 반대편이 어두운 니조 거리로 이어지는 길모퉁이인지라 어두운 것은 당연하지만, 그 옆으로는 다시 데라마치 거리로 이어지는데도 불구하고 어두운 것이 의아하다. 하지만 그 가게가 어둡지 않았다면 내가 이토록 끌리지 않았을지도 모른다. 그 가게는 비죽 튀어나온 차양 모양 또한 특이한데, 마치 깊게 눌러쓴 모자챙처럼, 비유적인 표현이 아니라 "저 가게는 모자챙을 너무 눌러썼군." 하는 말이 절로 나올 정도로 차양 위쪽이 또 새까맣다. 그렇게 주위가 워낙 어둡다 보니 가게 앞을 밝힌 수많은 전등이 소나기처럼 쏟아지는 듯한 찬란함이란, 그 주변에 있는 무엇에게도 시선을 빼앗기는 법 없이 자유롭게 아름다운 풍경을 자아내는 것이다. 벌거벗은 전등이 길고 가느다란 나선형 봉을 빙글빙글 돌려가며 눈동자 속으로 파고들어오는 거리에 서서, 과자 가게 2층 유리창에 비치는 이 과일 가게의 전경을 바라보는 것만큼 당시의 나를 신나게 만드는 것은 데라마치 거리에서도 흔치 않았다.

그날 나는 평소답지 않게 그 가게에서 돈을 썼다. 왜냐하면 그 가게에 귀한 레몬이 있었기 때문이다. 사실 레몬은 매우 흔한 과일이다. 하지만 그 가게가 볼품없는 곳은 아닐지언정 지극히 흔한 과일 가게였기에 지금까지 그곳에서 레몬을 본 적이 없었다.

나는 레몬이 참으로 좋다. 레몬 옐로우 물감을 튜브에서 짜내어 굳힌 듯한 단순한 색깔도 좋고, 자그맣고 야무진 방추형 모양도 좋다. 결국 레몬을 딱 한 개만 사기로 마음먹었다. 그러고 나서 어디를 어떻게 걸어 다녔는지 기억도 나지 않는다. 오랜 시간 거리를 걸었다. 시종일관 마음을 짓누르던 불길한 덩어리가 레몬을 손에 쥐는 순간부터 조금씩 느슨해지는 것 같아 길 위에서 매우 행복해졌다. 그렇게 끈질기게 나를 쫓아다녔던 우울함이 이런 작은 것 하나에 풀어지다니, 어쩌면 이 수상한 상황이 역설적인 진실인 것이다. 그렇다고는 하나 이 마음이라는 녀석은 참 불가사의하기 그지없다.

레몬의 시원함이란 말로 형언할 수 없이 좋았다. 그즈음 나는 폐가 좋지 않아서 몸에서 항상 열이 났다. 실제로 친구들에게 얼마나 열이 나는지 보여주려고 손을 잡아보라고 하는데, 매번 내 손이 누구보다도 뜨거웠다. 그 열 탓일까? 레몬을 쥐고 있는 손에서 몸속으로 스며드는 시원함은 참으로 기분 좋은 느낌이었다.

나는 몇 번이고 그 과일을 코에 갖다 대고 냄새를 맡았다. 레몬의 산지인 캘리포니아를 상상해본다. 한문 시간에 배웠던 '매감자지언'°의 '코를 찌르다'라는 표현이 떠오를 듯 말 듯하다. 그리고 향긋한 공기를 가슴 깊숙한 곳까지 들이마시고 나면, 단 한 번도 이렇게 깊이 숨 쉬어본 적 없는 내 몸과 얼굴에 따뜻한 피의 잔열이 돌기 시작하여 나도 모르게 몸속의 좋은 기운이 눈을 뜨는 것만 같았다……

　실제로 그런 단순한 냉감과 촉각, 후각과 시각 등이 아주 옛날부터 이것만 찾아다녔던 거라고 표현하고 싶을 정도로 나와 완벽하게 들어맞을 줄이야. 시기가 시기였던 만큼 참 신기한 일이었다.

　나는 기어이 경쾌한 기분에 흠뻑 취해 일종의 자궁심 같은 것까지 느끼면서 아름답게 갖춰 입고 거리를 활보하는 시인을 상상하며 계속 걸었다. 레몬을 때가 탄 손수건 위에 얹어보고 겉옷 위에도 갖다 대며 색 조합을 따져보고 이런 생각도 했다.

　○　売柑者之言, 명나라의 개국 공신이라 전해지는 유기가 쓴 풍자 성격의 글.

— 결국은 이 무게였구나.

그 무게가 진정 내가 찾아 헤맸던 해답이었다. 의심할 여지가 없이 이 무게는 세상 모든 좋은 것, 세상 모든 아름다운 것을 중량으로 환산한 무게였던 것이라고, 장난기가 솟은 나머지 이런 이상한 생각도 해본다. 아무튼 나는 행복했기 때문이다.

어디를 어떻게 걸어 다녔던 걸까? 마지막으로 걸음을 멈춘 곳은 마루젠 앞이었다. 평소에는 그렇게나 피해 다녔던 곳인데, 그때의 나는 거리낌 없이 들어갈 수 있을 것만 같았다.

'좋았어. 오늘은 한번 들어가주지.' 나는 주저 없이 걸어 들어갔다.

하지만 어찌 된 영문인지, 마음속에 충만했던 행복한 감정은 점점 달아났다. 향수병에도 담배 파이프에도 마음은 동하지 않았다. 우울함이 차오르기 시작했다. 나는 하도 걸어 다닌 피로가 몰려온 것이라 여겼다. 화집 선반 앞으로 가보았다. 화집 중 좀 두꺼운 것을 꺼냈는데 평소보다 힘이 더 들어가는 것 같다 싶었다. 그래도 일단 한 권씩 꺼내어 책을 펴보기는 했는데, 꼼꼼하게 들여다볼 기운이 더는 나지 않았다. 게다가 무슨 저주에 걸린 것인지 또 한 권을 꺼내 들었다. 이 또한 역시나였다. 한번 펼쳐보기는 해야 직성이 풀리는데, 그 이상은 힘들어서 꺼낸 자리에 내버려두고 말았다. 원래 자리에 돌려놓는 것도 못하겠다. 나는 몇 번이고 그 짓을 반복했다. 결국에는 평소에 좋아해 마지않던 앵그르의 두꺼운 주황색 화집마저도 너무 힘이 들어 내려놓고 말았다. 이 무슨 저주란 말인가? 손 근육에 피로가 남아 있다. 나는 우울해져서 내 손으로 뽑고 쌓아둔 책들을 바라보았다. 이전에는 그렇게나 마음을 사로잡았던 화집인데, 이게 어찌 된 일이란 말인가? 화집을 한 장 한 장 들여다보고 난 후에 지나치게 평범한 주변을 둘러볼 때의 그 이상하고 어색한 기분, 예전에는 그 기분을 즐기곤 했다…….

'아, 맞다.' 그때 소매 속에 있는 레몬을 떠올렸다. 여러 색깔의 책을 뒤죽박죽으로 쌓아 올리고 레몬을 한번 갖다 대보면 어떨까? '바로 그거야.'

조금 전에 느꼈던 경쾌한 설렘이 다시 돌아왔다. 나는 손에 닿는 대로 책을 쌓아 올렸다가 성급하게 책을 빼내고 다시 성급하게 쌓아 올렸다. 새로 책을 뽑아 오기도 하고 치우기도 했다. 그때마다 기괴하고 환상적인 성은 빨갛고 파랗게 색을 바꾸었다.

이윽고 성이 완성되었다. 가볍게 떨려오는 마음을 자제하면서 그 성벽의 정상에 조심스레 레몬을 올려놓았다. 제법 그럴싸한 모습이었다.

주위를 둘러보니 레몬의 색채는 조잡하게 섞인 색의 그러데이션을 조용히 방추형의 몸 안으로 흡수하여 쨍하게 선명한 빛을 띠고 있었다. 먼지로 가득한 마루젠의 공기가 레몬 근처에서만큼은 묘하게 긴장감을 띠는 것 같았다. 나는 잠시 그것을 바라보았다.

문득 두 번째 아이디어가 떠올랐다. 그 기묘한 계획은 나 자신조차 놀라게 했다.

— 이대로 내버려두고, 나는 아무렇지도 않은 얼굴로 빠져나가자.

이상하게 얼굴이 간질간질하다. '나갈까? 그래, 나가자.' 나는 빠른 걸음으로 가게 밖으로 나갔다.

그 간지러운 느낌이 거리로 나온 나를 웃게 만들었다. 내가 마루젠 책장 위에 황금빛으로 빛나는 무시무시한 폭탄을 설치하고 온 기괴한 악당이고, 10분 후에 마루젠이 미술책 코너를 중심으로 폭발한다면 얼마나 재밌을까?

열심히 상상을 지속한다. '그러면 저 숨 막히는 마루젠도 한 줌 가루가 되어버리겠지.'

나는 영화 간판화가 기이한 정취를 풍기며 거리를 물들이는 교고쿠京極 쪽을 향해 걸어갔다.

기악적 환각

1928

器楽的幻覚

어느 가을, 프랑스에서 온 젊은 피아니스트가 그 나라의 전통적 기교가 넘치는 몇 악곡을 겨울 동안 연주한다 하여 간 적이 있다. 그중에는 독일의 고전 명곡도 있었지만 지금까지 이야기만 들었지 연주를 실제로 들을 기회가 흔치 않았던 프랑스 계통 작품이 주로 연주되었다. 내가 갔던 것은 몇 주에 걸친 6회 연속 음악회였는데, 장소가 호텔 홀이라 청중도 많지 않아서 조용하면서도 꽉 찬 분위기에서 음악을 감상할 수 있었다. 횟수를 거듭하면서 그 홀에도, 주변 청중의 머리나 옆얼굴 모습에도 제법 익숙해져서 마치 학교에 가는 듯한 친밀감을 느꼈다. 이러한 형식의 음악회가 만족스럽게 느껴졌다.

피날레에 가까워진 어느 저녁 공연 날이었다. 그날 나는 평소답지 않은 여유와 잡생각 없는 깨끗한 정신을 자각하면서 음악회장으로 갔다. 그리고

1부의 긴 소나타를 한 소절도 놓치지 않겠다는 마음으로 집중하여 들었다. 1부가 끝났을 때 나는 스스로가 그 소나타의 모든 감정 속에 완벽하게 몰입했다는 것을 느꼈다. 그날 밤 잠자리에 들며 겪어야 할 불면증, 그로 인해 지금 느끼는 행복의 두 배에 달하는 고통을 받을 것이라 예감하면서도, 그 순간 내가 빠져 있었던 깊은 감동에는 어떠한 영향도 주지 못했다.

휴식 시간이 되어 조금 떨어진 자리에 앉아 있던 친구에게 눈짓을 주고 사람들의 어깨 틈을 비집고 바깥으로 나왔다. 나와 친구는 음악에 대한 아무런 비평도 없이 그저 말없이 담배를 피웠는데, 언제부터인지 서로가 암묵적으로 지켜주었던 각자의 고독이라는 것도 그 밤 그 시간에는 너무나도 잘 어울렸다. 그렇게 조용히 마음을 가라앉히고 있자니 나 자신을 사로잡은 강력한 감동이 일종의 무감동에 가까운 감정을 동반하여 온다는 점을 깨달았다. 담배를 꺼낸다. 입에 문다. 그리고 조용히 그것을 피우는 것이 아무런 특색이 없다는 느낌을 받은 것이다. 빨간 등불 빛이 스며든 밤하늘도, 그 속에서 때때로 반사되는 푸른 불꽃도…… 하지만 어디에선가 들려오는 경망스러운 휘파람 소리가 조금 전에 들었던 소나타에서 몇 번이고 반복되던 모티브라는 것을 알았을 때 나의 마음이 날카로운 혐오감으로 바뀌는 순간을, 나는 보았다.

휴식 시간이 조금 남았지만 자리로 돌아와 한산한 회장에 남아 있는 여성들의 얼굴 따위를 멍하니 바라보면서 이윽고 마음이 조금씩 풀어지는 것을 느꼈다. 하지만 곧 벨이 울리고 사람들이 자리로 돌아와 원래 있던 곳에 원래 있던 머리들이 정렬되자 또다시 혼란스러워졌다. 머리가 잠시 얼어붙어 있었던 건지 연주를 시작하는 다음 곡이 이상하게 답답하게 느껴졌다. 이번에는 주로 근현대 시기의 짧막한 프랑스 작품들이 잇달아 연주되었다.

연주자의 하얀 열 손가락이 어느 때는 거품을 물고 나아가는 파도 끝처럼, 어느 때는 재롱을 부리는 동물처럼 건반에 가닿았다. 그것이 때때로 연주자의 의지에서도, 울려 퍼지는 음악에서도 분리되어 움직이는 것처럼 느껴진다. 그러다 내 귀는 불시에 음악에서 멀어지고는 숨을 죽이고 집중해서 감상하는 회장의 공기를 느꼈다. 자주 있는 일이라 처음에는 신경 쓰지 않았지만, 프로그램 종반으로 가면서 점점 그 현상은 현저해졌다. 오늘 밤은 유별나게 이상했다. 내가 지쳐 있었던 것일까? 아니다. 마음은 지나칠 정도로 긴장한 상태였다. 한 곡이 끝나고 모두가 박수를 칠 때 나는 대체로 습관처럼 가만히 있는 편인데, 그날 밤은 유난히 누가 억지로 시킨 듯이 꿈쩍도 하지 않고 있었다. 그러자 환호성이 순간 끓어올랐다가 다시 조용히 가라앉는 장내 분위기의 변화가 뭔가 하나의 긴 음악 속에서 벌어지는 일처럼 마음속에 떠오르기 시작했다.

여러분은 어릴 때 이런 장난을 쳐본 일이 없는가? 떠들썩한 사람들 속에 있을 때 양쪽 귀를 손가락으로 틀어막고 그 손을 넣었다가 뺐다가 하는 놀이인데, 그러면 우앙, 우앙 하는 소음이 들렸다 안 들렸다 하면서 주변 사람들의 얼굴이 모두 무의미하게 보인다. 사람들은 아무도 그러한 사실을 알지 못할뿐더러 그 속에 내가 파묻혀 있다는 사실도 모른다. 마침 그와 비슷한 고독감이 기어코 느닷없는 격렬함으로 나를 사로잡았다. 연주자의 오른손이 높은 피치의 피아니시모를 섬세하게 다루고 있을 때였다. 사람들은 일제히 숨을 죽이고 그 미세한 음을 듣다가 숨을 놓아버릴 듯했다. 문득 그 완전한 질식 속에서 눈을 떴을 때 나는 경악하고야 말았다.

'이렇게 돌처럼 굳어버리다니 신기하기 그지없군. 지금이라면 저 하얀 손이 가령 저 무대 위에서 살인을 저질러도 누구도 소리치지 않을 거야.'

조금 전에 들었던 박수와 웅성거림이 흡사 꿈만 같이 느껴졌다. 그것은 내 귀에도 눈에도 아직 선명하게 잔상으로 남아 있다. 그렇게나 웅성거렸던 사람들이 지금 이 정적 속에 있다니, 정말 신기하고도 신기한 일이었다. 사람들은 누구 하나 그것을 의심하려 들지 않고 그저 음악을 쫓고 있다. 말로 형언할 수 없는 허무함이 내 가슴속에 스며들었다. 나는 끝없는 고독감을 떠올렸다. 음악회, 음악회를 둘러싼 도시, 세계. ……소곡 연주가 끝났다. 초겨울의 차디찬 바람 소리 같은 것이 한바탕 휩쓸고 지나갔다. 그 후에 또다시 아까 그 정적 속에서 음악이 울려 퍼졌다. 이미 모든 것이 나에게는 무의미했다. 몇 번이고 사람들이 "와아!" 하고 소리를 지르다가 다시 조용해지는 게 무엇을 의미했던 것인지, 꿈만 같았다.

마지막 박수와 함께 사람들이 외투와 모자를 들고 자리를 일어서기 시작하는 음악회의 피날레 속, 나는 마치 통증과도 같은 적막감을 품고 사람들의 어깨를 넘어 출구 쪽으로 이동했다. 출구 근처에서 목이 두꺼운 양복 차림의 어깨가 내 앞에 멈춰 섰다. 나는 그가 음악 애호가로 소문난 후작이라는 것을 바로 알아차렸다. 그의 양복 냄새로 인해 적막감에서 벗어났을 때, 이게 무슨 일이란 말인가. 그 위엄에 가득 찬 모습은 즉시 위축되어 허무하게 쓰러졌다. 나는 고의가 아니라고는 하나 그와 같은 범행을 수많은 사람들에게 저지른 것에 말할 수 없는 우울감을 느끼며, 문 앞에서 나를 기다리고 있었던 친구와 함께 돌아가기 위해 발걸음을 서둘렀다. 그날 밤 나는 음악회가 끝나고 우리가 항상 걸어 나왔던 긴자銀座 쪽으로 가지 않고, 홀로 집에 걸어 돌아왔다. 예감했던 불면증이 며칠 밤이고 나를 괴롭혔다는 사실은 말할 필요도 없다.

K의 승천
— 혹은 K의 익사

1926

Kの昇天 − 或はKの溺死

편지 주신 것을 읽어보니, 선생님께서는 K군의 익사가 실족사인지 자살인지, 자살이라면 그 원인은 무엇인지, 혹은 불치병을 비관하여 죽은 것은 아닐지, 여러 가지 고민을 하고 계신 듯합니다. 그리하여 약 한 달 전에 요양지인 N해안에서 우연히 K군과 알고 지냈다는 것을 아시고 일면식도 없는 제게 편지를 주셨겠지요. 저는 선생님 편지를 받고 K군이 그곳에서 익사했다는 것을 알게 되었습니다. 매우 놀랐습니다. 그와 동시에 K군이 드디어 달의 세계로 떠났구나 싶었지요. 왜 제가 그런 희한한 생각을 했는지, 지금 이 편지로 말씀드리려 합니다. 어쩌면 K군 죽음의 비밀을 푸는 하나의 열쇠가 될지도 모르니까요.

정확히 언제였는지는 모르지만 제가 N에 가고 처음으로 보름달이 뜬 날 밤이었습니다. 그 시기에 저는 병으로 인해 불면증에 시달리고 있었습니다. 그날 밤도 결국에는 잠자리를 박차고 일어났지요. 다행히 달이 잘 보이는 밤이었기에 여관을 잠시 나와 뒤엉킨 소나무 그림자를 밟으며 모래 해변으로 걸어갔습니다. 인양된 어선과 그물을 마는 도르래 등이 하얀 모래 위에 선명한 그림자를 드리우고 있었고, 해변에 사람 그림자는 하나도 없었습니다. 썰물 때 밀려온 거친 파도가 달빛에 부딪치며 거침없이 부서지고 있었지요. 저는 담배에 불을 붙이며 어선 뒷부분에 걸터앉아 바다를 바라보았습니다. 아주 깊은 밤이었습니다.

그렇게 잠시 있다가 모래 해변 쪽으로 시선을 옮겼을 때, 저는 해변에 저 이외에 또 한 사람이 있다는 것을 알았습니다. 그가 바로 K군이었습니다. 하지만 그 당시에는 K군을 전혀 몰랐습니다. 우리는 그날 밤 처음으로 통성명을 했으니까요.

저는 틈틈이 그 사람 그림자를 돌아봤습니다. 그러다가 점점 호기심을 품게 되었지요. 그 그림자, 즉 K군은 저와 삼사십 걸음쯤 떨어져 있었을까요. 바다를 바라보는 것이 아니라, 제 쪽으로는 완전히 등을 돌린 채 모래 해변에서 앞으로 나아갔다가 뒤로 물러섰다가, 또 멈췄다가 하는 동작을 반복하고 있었습니다. 저는 그 사람이 뭔가 떨어진 물건을 찾고 있는 건가 했습니다. 모래 위를 응시하듯 목이 앞쪽으로 기울어져 있었으니까요. 하지만 그런 것 치고는 몸을 웅크리지도 않고, 발로 모래를 훑지도 않더군요. 보름달이 뜬 밤이라 제법 밝기는 했어도 불을 밝히려고도 하질 않았죠.

저는 바다를 바라보면서 중간중간 그를 신경 쓰게 되었습니다. 호기심은 점점 커져갔습니다. 그가 한 번도 제 쪽을 돌아보지 않으며 완전히 등을 돌린 채 움직이고 있다는 것이 다행스럽게도, 결국 그쪽을 관찰하는 데 이르렀지요. 신비로운 전율이 제 몸을 관통했습니다. 그 사람 그림자에 묘하게 이끌리는 느낌을 받았습니다. 저는 다시 바다 쪽으로 몸을 돌려 휘파람을 불기 시작했습니다. 처음에는 무의식적으로 나오는 것이었으나, 혹여 저 사람에게 어떤 영향을 미치지는 않을까 하는 마음에 의식적인 휘파람이 되어갔지요. 처음에는 슈베르트의 〈바닷

가에서〉를 불렀습니다. 잘 아시겠지만 하이네의 시에 곡을 붙인 노래로 제가 좋아하는 곡 중 하나입니다. 그리고 역시나 하이네의 시에 곡을 붙인 〈도플갱어〉°를 불렀지요. '이중인격'이라고 하면 좋을까요? 이것도 제가 좋아하는 곡입니다. 휘파람을 불면서 제 마음은 편안해졌습니다. 그는 역시 뭔가를 잃어버린 것 같아 보였습니다. 그렇지 않고서야 저 기이한 그림자의 행동을 뭐라고 추측할 수 있었을까요. 저는 생각했습니다. 저 사람은 담배를 안 피우니 성냥이 없는 것이로구나. 성냥이라면 내가 가지고 있지. 아무튼 뭔가 굉장히 아끼는 물건을 떨어트린 모양이군. 저는 성냥을 손에 쥐고 그 사람 쪽으로 걸어갔습니다. 그에게 제 휘파람 소리는 아무런 영향도 미치지 못했습니다. 그는 변함없이 앞으로, 뒤로, 멈추는 동작을 반복했습니다. 근처로 다가서는 제 발소리도 듣지 못한 듯했습니다. 저는 깜짝 놀랐습니다. 저 사람은 그림자를 밟고 있는 것이었구나! 만약 물건을 잃어버린 것이라면 틀림없

○　한국에서는 〈그림자〉라는 제목으로 알려져 있다.

이 그림자를 등지고 이쪽을 보고 찾고 있었을 테지.

하늘 중앙에서 조금 빗겨난 달이 제가 걸어가는 모래 해변 위로 한 척 정도 되는 그림자를 만들어주었습니다. 분명 뭔가 있겠구나 싶었지만 계속해서 그를 향해 걸어갔습니다. 좀 더 가까운 곳까지 다가가서 저는 큰맘 먹고,

"뭔가를 잃어버리셨나요?"

하고 제법 큰 목소리로 말을 걸어보았습니다. 손에 들고 있는 성냥을 슬쩍 보여주면서,

"찾으시는 거라면 성냥을 빌려드릴까요?"

다음에는 이렇게 말할 생각이었습니다. 하지만 뭔가를 찾는 것이 아니란 걸 알게 된 이상, 이 말은 그에게 말을 걸기 위한 하나의 수단에 불과했지요.

저음 건넨 말에 그 사람은 제 쪽을 돌아보았습니다. '귀신인가?' 불현듯 그런 생각이 들었기에 저로서는 너무나도 무서운 순간이었습니다.

달빛이 그 사람의 높은 콧대를 타고 흘러내렸습니다. 저는 그의 깊은 눈동자를 보았습니다. 그때 그 얼굴은 쑥스러운 표정으로 변해갔습니다.

"아무것도 아닙니다."

맑은 목소리였습니다. 그리고 미소가 그의 입 주변을 맴돌았습니다.

저와 K군은 이런 희한한 사건을 계기로 처음 대화를 나누게 되었지요. 우리는 그날 밤부터 친구가 되었습니다.

잠시 후에 우리는 다시 제가 앉아 있던 배 쪽으로 이동했습니다.

"진짜 뭘 하고 계셨던 겁니까?"

하고 묻자, 그때부터 K군은 조금씩 이야기를 들려주었습니다. 처음에는 조금 주저했던 것 같기도 합니다.

K군은 자신의 그림자를 보고 있었다고 말하더군요. 그것은 마치 아편과 같다고도 말했습니다.

웬 엉뚱한 이야기인가 싶으시겠지요. 저에게도 실로 엉뚱한 소리였습니다.

야광충이 아름답게 빛나는 바다를 앞에 두고 K군은 그 희한한 사연을 조금씩 들려주었습니다.

그림자만큼 신비로운 건 없다고 K군은 이야기했

습니다. "당신도 한번 해보면 분명 경험할 수 있을 겁니다. 그림자를 가만히 바라보고 있으면 그 속에서 점점 생물의 형상이 나타나거든요. 다른 것도 아니고 내 그림자인데 말입니다. 전등 불빛 같은 것으로는 어림도 없어요. 달빛이 가장 좋습니다. 이유는 말하지 않겠습니다만. 왜냐하면 저는 제가 경험하고 그렇게 생각하게 된 것이니까요. 아니면 저 혼자만의 생각에 불과할 수도 있어요. 또 그것이 객관적으로 가장 적합하다고 해도 그 근거가 무엇이냐고 묻는다면 그건 또 아주 심오한 이야기가 될 겁니다. 어떻게 사람의 머리로 그 이유를 알 수 있겠습니까?" K군은 그렇게 말했지요. 무엇보다도 K군은 자신의 직감을 믿고, 그 직감의 근원을 설명할 수 없는 신비로운 영역으로 보고 있었습니다.

"그런데 달빛이 만든 내 그림자를 바라보고 있으면 그 안에 생물의 기척이 드러나기 시작합니다. 달빛이 평행광선이기 때문에 모래에 비치는 그림자가 내 모습과 똑같은 것이겠지만 그건 너무나도 당연한 이야기죠. 그림자도 짧은 것이 좋습니다. 한두 척 정도가 적당한 것 같아요. 대개 움직임을 멈췄을 때 정신이 통일되어 좋습니다만, 그림자는 조금 흔들리는 편이 좋단 말입니다. 제가 앞으로 뒤로 움직였다가 멈췄다가 했던 것이 바로 그 때문입니다. 곡물 가게에서 팥을 골라낼 때 넓은 쟁반 위에서 굴려가며 하듯이 그림자를 움직여보세요. 그러고 나서 그림자를 뚫어져라 들여다보면 점점 자신의 모습이 보이게 될 겁니다. 그래요, 그건 '기척'의 영역을 넘어 '보이는 것'의 영역으로 들어가게 되는 것이지요." K군은 이렇게 말했습니다. 그리고,

"아까 휘파람으로 슈베르트의 〈도플갱어〉를 불지 않으셨나요?"

"네, 맞아요."

저는 대답했습니다. 역시 듣고 있었구나, 생각했습니다.

"그림자와 〈도플갱어〉라…… 저는 달이 뜬 밤이면 이 두 가지에 이끌립니다. 이 세상 것이 아닌 듯한 그런 것을 봤을 때의 느낌이라고 할까요. 그 느낌에 익숙해지고 나면 현실 세계와는 동떨어져 있

는 기분이 들더군요. 그래서 낮 동안에는 아편 흡연자처럼 늘어져 있지요."

K군은 말했습니다.

"내 모습이 보이기 시작한다니! 신기한 것은 그뿐만이 아닙니다. 점점 모습이 드러나면서 그림자인 저는 새로운 인격을 가지게 되는 거죠. 그와 동시에 원래의 저는 점점 정신이 아득해지고 어느 순간부터는 달을 향해 스르륵 떠올라갑니다. 그건 기분의 문제이니 뭐라 규정할 수는 없지만 영혼이라고 하는 것이겠죠. 그것이 달에서 뿜어져 나오는 빛을 거슬러 올라가는데 뭐라 형언할 수 없는 기분인거죠. 승천하는 겁니다."

이 대목을 이야기하는 K군의 눈동자는 줄곧 제눈에 고정된 체 긴장으로 가득 차 있었습니다. 그러다가 갑자기 무엇인가를 떠올린 듯 미소를 지으며그 긴장감을 누그러트렸습니다.

"〈시라노 드 베르주라크〉에서 시라노가 달로 가는 방법에 대해 이야기하는 부분이 있죠. 제가 어설프게나마 따라해본 겁니다. 하지만 쥘 라포르그의

가엾기도 하여라, 이카로스가 수없이 날아와
서는 덧없이 추락한다.

저도 몇 번을 해보지만 매번 추락하더군요."
그렇게 말하고 K군은 웃었습니다.

그 기이한 첫 만남의 밤이 지나고 나서 우리는 매
일 서로를 찾아가고 같이 산책을 하며 시간을 보내
게 되었습니다. 달이 기울면서 K군도 밤늦게 해변
에 나가는 일은 잦아들었습니다.

어느 날 아침, 일출을 보려고 해변에 서 있었는데
그날따라 K군도 일찍 일어났는지 마찬가지로 와
있더군요. 마침 태양의 반사광 속으로 나아가는 배
를 한 척 보더니,

"저 역광 속의 배는 그야말로 그림자 아닙니까?"
갑자기 묻더군요. K군은 내심 그 배의 실체가 오
히려 그림자로 보이는 것이야말로 그림자가 실체로

○ 「달빛」.

보이는 현상에 대한 역설적인 증명이 아니냐고 생각한 것이겠죠.

"열정적이시군요."

제가 말하자 K군은 웃었습니다.

그리고 K군은 아침 바다 너머에서 떠오르는 태양 빛으로 만들었다는 사람 크기만 한 실루엣 그림을 몇 장인가 가지고 있었습니다.

이런 이야기를 했었지요.

"고등학생 때 기숙사에서 지냈는데 옆방에 예쁘장한 남자아이가 있었어요. 그 친구가 책상에 앉아 있는 모습을 누가 그린 것인지, 방 벽에 전등을 비추면 생기는 실루엣에 먹을 칠해 그린 그림이 있었습니다. 인상이 굉장히 강렬했어요. 그걸 보려고 그 방에 몇 번을 갔는지 모릅니다."

그런 이야기까지 들려주더군요. 더 자세히 묻지는 않았지만, 어쩌면 그것이 시작이었는지도 모릅니다.

제가 선생님의 편지를 읽고 K군이 익사했다는 사실을 알았을 때, 가장 먼저 떠오른 이미지는 K군과 처음 만났던 그날 밤의 희한한 뒷모습이었습니다. 저는 바로 'K군은 달로 가고야 말았구나.' 하고 생각했지요. 심지어 K군의 시신이 해변으로 올라왔던 그 전날이 바로 보름날이지 않겠습니까. 지금 달력을 보고 확인했습니다.

K군과 같이 있었던 약 한 달 동안, 그 외에 자살에 이르게 된 이렇다 할 원인이 있었느냐 하면 그건 잘 모르겠습니다. 하지만 그 한 달 동안 저는 어느 정도 건강을 회복하여 이쪽으로 돌아올 결심을 했습니다만, 그와 반대로 K군의 병세는 조금씩 진행되었던 것 같습니다. K군의 눈동자는 점점 깊고 투명해졌으며 볼은 점점 야위어가고 그 높은 콧대가 눈에 띄게 곧게 솟아 있었던 것으로 기억합니다.

K군은 그림자가 아편 같은 것이라고 말했습니다. 만약 제 직감이 정곡을 찌르는 것이 맞다면, 그림자가 K군을 데려간 것이라 봅니다. 하지만 제 직감을 고집할 생각은 없습니다. 저로서도 그 직감은 참고 사항에 불과합니다. 진짜 사인이라 할 만한 것은 저로서도 오리무중입니다.

하지만 그 직감을 토대로 그 불행한 보름날 밤에 있었던 일을 가정해보고자 합니다.

그날 밤 월령은 15.2였습니다. 달이 뜬 시각이 오후 6시 30분. 달이 남중하는 시각이 11시 47분이라고 달력에 기록되어 있습니다. 저는 K군이 바다로 나간 것이 이 시간 전후가 아닐까 생각합니다. 제가 처음 K군의 뒷모습을, 그 보름달이 뜬 밤의 모래 해변에서 발견한 것도 거의 그 시각이었으니까요. 그리고 한 걸음 더 상상을 발전시켜보자면 달이 조금 서쪽으로 기울기 시작했을 때가 아닐까 싶습니다. 만일 그렇다고 한다면 K군이 말하는 한두 척 정도의 그림자는 북쪽이라고 해도 조금 동쪽으로 기울이진 방향으로 생길 것이고, K군은 그 그림자를 쫓아가며 해안선을 비껴 바다로 들어갔다고 볼 수 있겠지요.

K군은 병으로 인해 정신이 날카롭고 예민해진 탓에 그날 밤은 그림자가 정말로 '보이는 것'이 된 것이 아닐는지요. 어깨가 나타나고 목이 드러나고 미

세한 현기증 같은 것도 겪으면서 '기척'의 영역에서 이윽고 머리가 보이기 시작하고, 어느 순간이 지나며 K군의 영혼은 달빛의 흐름을 거스르며 서서히 달을 따라 올라간 것입니다. K군의 몸은 점점 의식의 지배를 잃고 무의식적인 발걸음은 한 발짝, 한 발짝씩 바다에 가까워졌겠지요. 그림자인 그는 마침내 하나의 인격을 지니게 됩니다. K군의 영혼은 더 높은 곳으로 승천해가지요. 그리고 그 껍데기는 그림자인 그에 이끌려 기계인형처럼 바다로 걸어 들어간 것이 아닐까요. 이윽고 썰물에 밀려온 높은 파도가 K군을 바닷속으로 쓰러뜨립니다. 만일 그때 껍데기에 감각이 되살아났더라면 영혼도 그와 함께 원래 있던 곳으로 돌아갔겠지요.

가엾기도 하여라, 이카로스가 수없이 날아와서는 덧없이 추락한다.

K군은 그것을 추락이라고 부르더군요. 만일 이번에도 추락했었다면 수영도 잘하는 K군이 익사하

는 일은 없었겠지요.

　K군의 몸은 쓰러지면서 바다 위로 떠올랐습니다. 감각은 아직 되살아나지 않았죠. 다음 파도가 해변으로 몸을 끌어 올렸습니다. 감각은 아직도 돌아오지 않았습니다. 또 바다 쪽으로 멀어졌다가, 다시 해변으로 내쳐집니다. 그럼에도 영혼은 달을 향해 승천해갑니다.

　마침내 육체는 무감각 상태로 끝을 맞이합니다. 간조는 11시 56분이라고 기재되어 있습니다. 그 시각의 거센 파도에 껍데기는 농락당하도록 내버려둔 채, K군의 영혼은 달 가까이, 더 가까이 날아올라 떠난 것입니다.

교미

1931

交尾

그 첫 번째

별로 가득한 하늘을 올려다보니 박쥐가 몇 마리씩
이나 소리 죽여 날아다니고 있었다. 그 모습은 보이
지 않을지언정 순간순간 빛을 감추는 별을 보아하
니 징그러운 짐승이 날아다니는 기척이 느껴진다.

사람들은 깊게 잠들어 있다. 지금 내가 서 있는 곳
은 집 안의 낡은 건조실이다. 여기서는 집 뒤쪽으로
난 골목길을 내다볼 수가 있다. 이 근처에는 항구에
정박해 있는 수많은 배처럼 그저 빽빽이 들어선 집
에다 똑같이 낡아빠진 건조실뿐이다. 예전에 독일
화가 페히슈타인의 〈거리에서 슬퍼하는 그리스도〉
라는 판화를 본 적이 있는데, 거대한 공장지대의 뒷
골목 같은 곳에서 무릎을 꿇고 기도하는 그리스도
를 표현한 그림이었다. 그 그림을 생각하면 지금 내
가 있는 건조실이 어쩐지 그러한 겟세마네 같은 느

낌이 들지 않는 것도 아니다. 하지만 난 그리스도가 아니다. 밤이 깊어지면 아픈 내 몸은 열이 나기 시작하고 눈은 말똥말똥해진다. 오로지 망상이라는 괴물의 먹이가 되지 않기 위해 나는 이곳으로 도망쳐 나와 잠시 동안 몸에는 독이 될 밤이슬을 맞는 것이다.

모든 집이 깊이 잠들어 있다. 가끔 힘없는 기침 소리가 새어 나오기도 한다. 낮 동안 경험한 것으로 나는 그것이 뒷골목에 사는 생선집 주인의 기침 소리라는 점을 알 수 있다. 이 남자는 이미 장사하기도 벅찬 듯하다. 2층에 세를 얻어 사는 남자가 병원에 한번 가보라고 해도 도통 말을 듣지 않는다. 이 기침은 그런 기침이 아니라고 하며 숨기려 든다. 2층 남자가 그 이야기를 주변에 퍼뜨리고 다녔다. 집세를 낼 형편이 되는 집이 적은 탓에 의사의 벌이가 시원찮다는 이 마을에서 폐병은 견디기 힘든 싸움이었다. 어느 날 느닷없이 장례차가 온다. 모두 죽었다고 말하는 그 사람이 평소에 일하던 모습이 아직도 생생하게 기억나곤 한다. 정작 앓아누운 기간은 얼마 되지도 않는다. 사실 이런 생활 속에서는 모두가 스스로 절망하고 스스로 죽어야만 하는 것이다.

생선집 주인이 기침을 한다. 측은한 마음이 든다. 그러면서 내 기침도 이런 식으로 들릴까 싶어 내 기침 소리인 것처럼 들어본다.

아까부터 뒷골목에 하얀 생물이 활발하게 오가고 있다. 이 뒷골목에서만 나타나는 것이 아니다. 큰길가도 새벽이 되면 이들의 거리가 된다. 그 주인공은 고양이다. 나는 이 마을에서 고양이가 왜 이렇게도 자기 구역인 양 활보하고 다니는지 생각해본 적이 있다. 이 마을에는 개가 거의 없기 때문이다. 조금 더 여유가 있는 주택가라야 개를 키울 수 있다. 그 대신 골목 거리의 가게에서는 쥐가 물선을 쥐가 파먹는 일이 없도록 고양이를 키우는 경우가 많다. 개가 없고 고양이가 많다보니 자연스레 거리를 오가는 고양이도 많다. 고양이가 오가는 것은 그 자체로 뻔뻔하고 신비로운 느낌을 주는 심야의 풍경이 된다. 고양이들은 고급스러운 거리를 걷는 귀부인처럼 한가

로이 걷는다. 또 시청에서 나온 측량기사처럼 이 교차로에서 저 교차로로 뛰어다니기도 한다.

옆집 건조실의 어두운 한구석에서 바스락거리는 소리가 들렸다. 잉꼬였다. 애완용 새가 유행했던 시기에는 동네에 종종 다치는 사람이 나올 정도였다. '대체 맨 처음에 저런 걸 갖고 싶다고 한 사람이 누구야?' 모두가 이런 생각을 하게 된 시기에는 이미 깃털이 다 빠져 보기 흉한 여러 종류의 새들이 참새 틈에 섞여 먹이를 구하러 다녔다. 하지만 이젠 그런 새들도 사라졌다. 옆집 건조실 구석에는 검댕이 묻어 더러워진 잉꼬 몇 마리만 살아남았다. 낮에는 아무도 그쪽에 신경 쓰지 않는다. 그저 새벽이 되면 괴상한 소리를 내는 생물이 되어버렸다.

그때 나는 깜짝 놀랐다. 조금 전부터 골목길 이쪽 저쪽을 오가며 두 마리의 하얀 고양이가 신나게 술래잡기를 하고 있었는데 정확히 내 시야 아래쪽에서 느닷없이 그들이 작게 그르릉 소리를 내며 맞붙었다. 맞붙었다고 표현했지만 싸움이 붙은 것은 아니다. 굴러다니며 뒤엉키는 것이었다. 나는 고양이가 교미

하는 장면을 목격한 적이 있지만 그때는 이런 식이 아니었다. 또 새끼 고양이들끼리 자주 이렇게 장난을 치곤 하지만 그것도 아닌 것 같다. 자세히 알 수는 없지만 아무튼 상당히 야릇한 몸짓이었던 것은 사실이다. 나는 가만히 바라보고 있었다. 멀리서 심야 순찰대원이 짚고 다니는 지팡이 소리가 들렸다. 그 소리 외에 이 거리에서는 어떤 소리도 들리지 않는다. 조용하다. 그리고 내 눈 아래에서 고양이들이 여전히 침묵한 채, 하지만 아주 여념 없이 맞붙고 있다.

고양이들은 서로에게 안겨 있다. 유연하게 맞물려 있다. 앞발로 서로를 지탱하고 있다. 지켜보는 사이에 나도 점점 고양이들의 움직임에 매료되었다. 그들이 맞물려 있는 괴상한 자세와 서로를 향해 뻗은 앞발. 그 발로 사람을 밀쳐낼 때의 귀여운 힘 등을 떠올렸다. 손가락이 한없이 파고들 수 있을 것만 같은 따뜻한 배의 솜털. 지금 한 녀석이 뒷발로 그 솜털을 밟고 있다. 이렇게나 귀엽고 신기하고 요염한 고양이의 모습을 난 여태껏 본 적이 없었다. 잠시 후에 그들은 서로에게 꼭 안긴 채 그대로 굳어버렸다. 그 모습을 지켜보고 있자니 숨이 막히는 듯한 기분이 들었다. 그 순간, 갑자기 골목길 한쪽 끝에서 지팡이 짚는 소리가 울려 퍼졌다.

나는 항상 심야 순찰대원이 이쪽으로 오는 시간에 방 안으로 다시 들어가곤 했다. 밤늦은 시간에 건조실에 나와 있는 모습을 보이고 싶지 않았다. 사실 건조실 한쪽에 붙어 숨어 있으면 들키지 않고 지나갈 테지만 덧문이 열려 있는 것을 보고 순찰대원이 큰 소리로 주의를 주거나 하면 더 큰 불명예를 입을 것이 분명하므로 그들이 오면 바로 방으로 들어가곤 했다. 하지만 오늘 밤은 고양이들을 계속해서 지켜보고 싶은 마음에 그냥 건조실에 몸을 내밀고 있기로 했다. 순찰대원이 점점 다가온다. 고양이는 여전히 들러붙은 채 미동도 없다. 포개어진 두 마리의 하얀 고양이는 나로 하여금 자유분방한 남녀의 추태를 상상하게 한다. 그리고 나는 끝없는 쾌락을 끄집어낼 수 있을 것이다……

순찰대원이 더욱 가까워졌다. 이 사람은 낮에 장의사 일을 한다. 뭐라 형언할 수 없는 음침한 느낌을 풍기는 사내다. 그 사람이 근처에 오고 나니 그가 이 고양이를 보고 어떤 태도를 취할까 궁금해졌다. 그는 약 1미터 정도 떨어진 곳에서 고양이들을 발견한 듯 멈춰 섰다. 보고 있는 것 같다. 그 사람이 그렇게 바라보고 있는 것을 보고 있자니 오밤중인데도 다 같이 모여 어떤 구경을 하고 있는 듯한 기분이 들었다. 하지만 고양이는 어찌 된 일인지 꼼짝도 하지 않는다. 아직 순찰대원을 보지 못한 것일까? 그럴 수도 있다. 아니면 하찮게 생각하고 그냥 내버려두는 것일 수도 있다. 그게 이 동물이 지닌 뻔뻔스러운 점이기도 하다. 고양이는 태연하게도 사람들이 자신에게 위해를 가할 마음이 없다고 느끼면 살짝 내쫓으려 해도 결코 움직이지 않는다. 그러면서 실로 빈틈없이 관찰을 시속하여 사람에게 그럴 낌새가 보인다 싶으면 즉시 도망친다.

순찰대원은 고양이가 움직이지 않는 걸 보고 다시 두세 걸음 가까이 갔다. 그러자 희한하게도 두 마리의 목이 휙 하고 그쪽을 돌아보았다. 그러나 그들은 아직도 들러붙어 있다. 나는 순찰대원을 지켜보는 것이 더 재미있어졌다. 그는 들고 있던 지팡이를 고양이 근처에 대고 쿵 내려찍었다. 그러자 고양이들은 두 줄의 방사선이 되어 골목길 깊은 곳으로 후다닥 도망쳤다. 순찰대원은 그것을 지켜보다가 언제나처럼 지루한 듯한 얼굴로 다시 지팡이를 짚으며 골목길을 벗어났다. 건조실 안에 있는 내 모습은 보지 못한 채로.

그 두 번째

나는 언제 한번 개구리를 제대로 관찰해보고 싶었다.

개구리를 보려면 일단 큰맘 먹고 개구리가 울어대는 개울가까지 나가야 한다. 조심스레 접근해도 개구리가 숨어버리는 것은 똑같기 때문에 되도록 신속하게 움직여 관찰하는 것이 좋다. 개울가에 나가면 다음은 몸을 숨기고 가만히 기다려야 한다. '나는 돌이다, 나는 돌이다.' 최면을 거는 기분으로 조금도 움직여서는 안 된다. 다만 눈만큼은 말똥말똥하게 뜨고 있어야 한다. 멍하니 있다가는 개구리가 개울의 돌과 구별하기 어려운 색으로 변하기 때문에 아무것도 보지 못하는 수가 있다. 잠시만 기다리면 이윽고 물속이나 돌 밑에서 개구리가 서서히 고개를 들기 시작한다. 숨죽여 지켜보고 있으면 실로 여러 군데에서, 모두 짜기라도 한 것처럼 비슷한 간격으로 쭈뼛쭈뼛 얼굴을 내민다. 나는 이미 돌이 되어 있다. 그들은 다 같이 공포스러운 순간을 무사히 넘긴 몸으로 원래 있던 자리로 돌아간다. 그리고 내가 내려다보는 가운데, 어쩔 수 없이 중단해야 했던 그들의 구애 활동에 앙코르가 시작된다.

이런 식으로 아주 가까운 곳에서 개구리를 구경하고 있자면 문득 이상한 기분이 들 때가 있다. 아쿠타가와 류노스케芥川龍之介는 인간이 갓파°의 세계로 가는 소설을 쓴 적이 있는데, 개구리의 세계는 의외로 멀지 않은 곳에 있었다. 어쩌다 한번 나는 눈앞에 있던 개구리 한 마리를 보고 홀연히 그 세계로

○   河童. 맑은 강에 산다는 상상의 동물.

빨려 들어갔던 적이 있다. 그 개구리는 개울 속 돌과 돌 사이로 흐르는 작은 물줄기 앞에 서서 기괴한 얼굴로 가만히 물이 흘러가는 것을 바라보고 있었는데 그 모습이 수묵 기법으로 그린 갓파도 어부도 아닌 것이, 풍경화 속에서 본 인물과 똑같아 보이는 것이었다. 그런 생각을 하는데 갑자기 개구리 앞으로 흐르던 작은 물줄기가 솨아아 하고 넓은 강으로 바뀌었다. 그 순간에 나 또한 천지에 홀로 돌아다니는 외로운 손님이 된 듯한 느낌이 들었다.

이것은 그저 순간의 이야기에 불과하다. 하지만 그런 일을 겪어야 비로소 가장 자연스러운 상태의 개구리를 보았다고 말할 수 있을 것 같은 기분이 든다. 그보다 이전에 이런 경험을 한 적도 있다.

개울가에서 울고 있는 개구리를 한 마리 잡아왔다. 통에 넣어 관찰하고자 했다. 목욕할 때 쓰는 물통에 냇가에 있던 돌을 좀 넣고 물을 채워 유리 뚜껑을 덮어서 방으로 가지고 들어왔다. 그런데 아무리 기다려도 개구리가 부자연스러워 보였다. 파리를 넣어보아도 파리는 물 위에 떨어진 후로 개구리와는 완전 별개의 움직임을 보였다. 나는 지루해져서 목욕탕에 다녀왔다. 그리고 잊어버릴 즈음이 되어 방에 돌아와 보니 통 안에서 참방 소리가 났다. 역시나 하는 마음에 바로 통 근처에 가보니 아니나 다를까 개구리는 아까와 마찬가지로 몸을 숨긴 채 모습을 보이지 않았다. 다음에는 산책을 나갔다. 돌아오니 또 참방 하는 소리가 들렸다. 그다음은 아까와 다를 바 없다. 밤이 되어 물통을 옆에 둔 채로 나는 나대로 책을 읽기 시작했다. 개구리의 존재를 잊고 몸을 움직이는데 또 물속에 뛰어드는 소리가 났다. 가장 자연스러운 상태로 책을 읽는 모습을 개구리에게 들키고 말았다. 다음 날, 개구리는 결국 나에게 '개구리는 놀라면 물에 뛰어든다'라는 교훈만 남겨주고 온몸에 내 방의 먼지를 묻힌 채, 열어둔 문틈 사이로 빠져나가 냇물 소리가 들리는 쪽으로 뛰어 가버렸다. 그 이후로 나는 두 번 다시 이 방법을 쓰지 않았다. 자연스러운 모습의 개구리를 보려면 역시 개울가로 나가야만 했다.

개구리가 울어대는 계절의 어느 날이었다. 개구리

울음소리를 길거리에서도 들을 수 있을 정도였다. 나는 그 거리를 지나 삼나무 길을 통과해서 언제나 가던 개울가까지 내려갔다. 개울 너머에 있는 숲에서는 유리새가 아름답게 지저귀고 있었다. 유리새는 개구리와 마찬가지로 그 계절의 개울가를 아주 즐거운 장소로 만들어주는 새였다. 마을 사람들 이야기로는 이 새는 나무 구멍(산골짜기의 나무가 울창한 곳) 한 곳에 한 마리씩밖에 살지 않으며 다른 유리새가 자기 구멍에 들어오면 싸워서 내쫓는다고 한다. 나는 유리새의 울음소리를 들으면 언제나 그 이야기를 떠올리며 당연하다고 느꼈다. 그 소리는 그야말로 자아와 자아가 메아리를 즐기고 있는 새들의 소리였다. 그 소리는 아주 투명했고 하루 종일 변화를 거듭하는 개울가의 햇살 속에서 멀리 울려 퍼졌다. 그즈음 매일같이 개울가에서 노는 데 정신이 팔려 있던 나는 자주 중얼거리곤 했다.

— 니시비라西平°에 가면 니시비라의 유리새가

있고, 세코노타키世古の滝°°에 가면 세코노타키의
유리새가 있는 법이지.

　내가 내려온 개울 근처에도 역시나 유리새가 한
마리 있었다. 개구리가 줄기차게 울고 있는 소리를
듣고 바로 개울가 옆까지 걸어갔다. 그러자 개구리
들의 음악은 뚝 끊겼다. 그러면 나는 그동안 해온
대로 가만히 쭈그리고 앉아 있으면 된다. 잠시 지나
자 개구리들은 다시 원래대로 울기 시작했다. 이 개
울에는 유난히 개구리가 많았다. 그 소리는 개울가
가 떠나가라 울려 퍼졌다. 마치 저 멀리서 바람이
불어오는 듯한 소리처럼 울려 퍼졌다. 울음소리는
가까운 개울의 물마루 사이에서 점점 높아져 내 눈
앞에 보이는 개구리 떼를 만나 고조에 달한나. 소리
가 전파되는 과정은 미묘하게도 끊임없이 터져 오
르고 끊임없이 흔들거리는 하나의 환상을 보는 것
만 같다. 과학에서 배운 바에 따르면 지구상에서 처
음 목소리를 가진 생물이 태어난 것은 석탄기의 양

　○, ○○　모두 시즈오카의 유명 온천지.

서류였다고 한다. 즉 개구리들의 소리가 지구에 울려 퍼진 첫 생명의 합창이었다고 생각하면 꽤나 장렬한 기분이 든다. 실제로 그것은 듣는 이의 마음을 움직이고 가슴 떨리게 하며, 이윽고 눈물을 자아내게 하는 종류의 음악이다.

그때 시야에 수컷 개구리 한 마리가 들어왔다. 그 개구리도 역시나 합창 소리의 파도 속에서 떠다니며 어느 부분에서는 자신도 성대를 울려댔다. 나는 그 개구리의 구애 상대가 어디 있는지 찾아보았다. 물줄기를 사이에 두고 한 척 정도 떨어진 돌 그늘에 개구리 한 마리가 얌전하게 앉아 있다. 아무래도 저 개구리인 것 같다. 잠시 보고 있는 사이에 나는 그 개구리가 수컷이 울 때마다 만족스러운 듯한 개굴개굴 소리로 대답하고 있는 것을 발견했다. 그리고 수컷의 목소리는 점점 또렷해져갔다. 한결같은 울음소리가 내 마음을 자극할 정도였다. 잠시 후에 수컷 개구리가 느닷없이 합창의 리듬을 흐트러뜨렸다. 우는 간격이 점점 짧아졌다. 물론 암컷 개구리는 개굴개굴 소리로 받아주고 있다. 하지만 그 이상

소리를 낼 수 없는 것인지, 수컷의 정열적인 소리에 비해서는 조금 여유로워 보인다. 머지않아 무슨 일이 생겨야 한다. 나는 그때가 오기를 기다리고 있었다. 그러자 예상대로 수컷은 격렬한 울음소리를 뚝 멈추더니 스르르 돌에서 내려와 개울을 건너갔다. 이 순간의 가련한 운치만큼 나를 감동시키는 것은 없었다. 수컷 개구리가 물 위를 헤엄쳐 암컷을 찾아 다가가는 그 움직임은 아이가 엄마를 보고 여려진 마음에 울음을 터뜨리며 달려갈 때와 조금도 다를 것이 없다. '객, 객, 객, 객' 울면서 헤엄쳐갔다. 이렇게 한결같이 가련한 구애가 또 있을까? 그 장면을 보고 나는 아련해진 마음을 감출 수가 없었다.

　물론 수컷 개구리는 행복하게 암컷의 발치에 도달했다. 그리고 그들은 교미했다. 상쾌히게 흘러가는 맑은 물줄기 속에서. 하지만 치정의 아름다움은 물을 건너갈 때 보이는 가련함에서만 느낄 수 있었다. 세상에서 가장 아름다운 것을 본 듯한 기분으로, 잠시 동안 나는 개울가를 뒤흔드는 개구리의 울음소리에 푹 빠져 있었다.

태평한 환자

1932

のんきな患者

1.

　요시다는 폐가 좋지 않다. 소한에 접어들어 날씨가 좀 추워졌다 싶더니 어김없이 그다음 날부터 고열이 나고 기침이 심해졌다. 배 속의 장기를 죄다 끄집어낼 듯한 기세로 기침을 했다. 그렇게 사오일 지나니 바짝 야위고 말았다. 이젠 기침도 잦아들었다. 하지만 이건 기침이 나은 것이 아니라 기침을 할 때 쓰는 복부 근육이 완전히 지쳐버린 탓에 기침을 하려고 해도 나오질 않는 것 같다. 한 가지 더 원인을 따져보자면, 심장이 너무 약해진 탓에 한번 기침이 나서 호흡이 흐트러지면 다시 가라앉히기까지 아주 힘든 시간을 겪어야 한다. 즉 기침을 하지 않게 되었다는 것은 몸이 쇠약해진 직후와 마찬가지로 기운이 완전히 없어졌기 때문이다. 그 증거로 이번에는 점차 호흡곤란을 느끼는 정도가 심해져서 알

팍한 호흡을 몇 번이고 반복해야만 했다.

병세가 이렇게까지 진행되는 동안 요시다는 이것이 그저 일반적인 유행성 감기인 줄 알았다. 심지어 '내일 아침이면 좀 낫겠지.' 했다가 그 기대에 배신당하고, 오늘은 진짜 병원을 가야 하나 하다가 쓸데없이 아픈 걸 참고, 끝이 보이지 않는 끔찍한 호흡곤란을 겪으며 화장실에 가는 등 본능이 이끄는 대로 수동적인 행동만 반복했다. 그러다 겨우 진찰을 받았을 때는 이미 볼이 홀쭉하게 들어갈 정도로 야위어 몸을 자유롭게 움직이기도 힘들었고 이삼일 전부터는 욕창 같은 것이 올라올 만큼 몸이 약해져 있었다. 하루는 거의 온종일 "아이고, 아이고" 소리만 냈다. 또 하루는 "불안해, 불안해" 하고 징징거렸다. 그런 소리가 나오는 건 언제나 오밤중인데, 어디서 밀려오는지 알 수 없는 불안감이 요시다의 황폐해진 신경을 한계까지 몰아붙이곤 했다.

요시다는 지금까지 한 번도 그런 경험을 한 적이 없었기에 그럴 때는 제일 먼저 그 불안감의 원인에 대해 고민했다. 심장이 크게 약해진 것일까? 아니면 이런 병에 걸리면 있을 법한, 불안 증세와 비슷한 무슨 증상인 걸까? 그것도 아니면 있는 대로 예민해진 신경이 어떤 고통을 그런 식으로 느끼게 만드는 것일까? 요시다는 거의 움직일 수도 없는 자세로 경직된 채 힘겹게 가슴으로 호흡을 내뱉고 있었다. 그러다가 지금 만약 이 균형을 깰 만한 뭔가가 느닷없이 나타난다면 자신이 어찌 될지 생각했다. 그의 머릿속에는 지진이나 화재 등 일생에 한 번 겪을까 말까 한 것들까지 진지하게 떠오르곤 했다. 이 상태를 지속하려면 끊임없이 긴장감을 유지하려는 노력이 필요했는데, 만일 그런 외줄 위를 걷는 듯한 노력에 어떤 불안의 그림자가 드리워진다면 요시다는 그 즉시 깊은 고통 속에 빠지게 될 것이 분명했다. 하지만 아무리 생각해본들 결정직인 지식이 없는 요시다로서는 해결책이 나올 리 만무했다. 원인을 억측하거나 옳고 그름을 판단하는 데 있어 결국 본인의 불안감이 이끄는 대로 갈 수밖에 없다면 결국 이게 다 뭐하는 짓인지 도통 알 수가 없다는 결론에 이르는 것은 당연하다. 하지만 이미 그런 상태에 처한 요시다에게 그런 식의 포기가 가능할 리 없었고 그저 한없이 고통을 증폭시키는 결과가 되곤 했다.

그다음으로 요시다를 괴롭히는 것은 이 불안감을 해결할 수단이 있다는 느낌이었다. 그것은 누군가가 병원에 의사를 부르러 가주는 것과 잘 때 옆에서 간호를 해주는 것이었다. 하지만 요시다는 모두가 하루 일과를 마치고 슬슬 자려고 하는 시간에 반 리나 떨어져 있는 시골길을 걸어 병원까지 다녀와달라고 하거나, 예순이 넘은 어머니에게 잠도 자지 말고 옆에 붙어 있어달라고 부탁하고 싶지는 않았다. 어쩌다 큰맘 먹고 부탁하기에 이르면 요시다는 현재 자신의 상태를 말귀가 어두운 어머니에게 어떻게 설명하면 좋을지, 그것보다 더 힘든 것은 어렵게 말을 꺼낸다 하더라도 그 부탁을 듣고 어머니가 평상시 태도 그대로 차분히 고민하거나 혹은 부탁을 받은 사람이 주저주저할 모습을 생각하면, 사실 그것은 요시다에게 태산을 움직이는 것과 다름없는 일종의 공상이 되어버리는 것이었다. 그런데 그게 왜 또 불안해지는가? 구체적으로 왜 불안감이

드는가 하면, 시간이 더 늦어질수록 사람들이 점점 잠들 테니 실질적으로 의사를 불러달라고 할 수 없는 상황이 된다는 점, 어머니도 잠들어버리면 그 후로는 그저 황량한 밤의 시간 속에 홀로 남겨진다는 점, 그리고 만일 그러던 중 이 정체를 알 수 없는 불안감의 내용이 실현될 만한 상황이 벌어진다면 자신이 할 수 있는 일은 아무것도 없지 않을까 하는 생각 때문이었다. 결국 눈을 꾹 감고 '참느냐, 부탁하느냐'를 결정하는 것 외에 그로서는 어떤 해결 수단도 없는 상황인데, 요시다가 막연하게나마 그것을 느꼈을지언정 몸도 마음도 꼼짝할 수 없는 자신의 상태를 고려하면 더더욱 그 망설임을 무시할 수도 없어서 결과적으로는 답도 없는 고통이 점점 더 거셔질 뿐이었다. 마침내 그 고통조차 견딜 수 없는 상태가 되어 '이렇게 괴로워할 거라면 차라리 부탁을 하자'고 최후의 결심을 하게 되는데, 이유는 알 수 없지만 그때는 이미 손쓸 도리도 없는 상황이 되어 옆에 앉아 있는 어머니가 너무나도 답답하고 태평한 존재로 보이면서 '고작 여기부터 저기까지의 거리인데 이 상황을 알아주는 것이 그리도 어려운 일일까?' 싶은 마음에 가슴속의 고통을 그대로 끄집어내어 상대방에게 내던지고 싶은 발작이 오곤 했다.

하지만 결국 "불안해, 불안하다고!" 하는 미련에 가득 찬 징징대는 소리로 끝나는 경우가 대부분이었다. 이 또한 생각해보면 미련이라고는 해도 역시 오밤중에 무슨 일이 일어났을 때는 상대가 깜짝 놀라 정신 차리게 하는 데에는 도움이 될지도 모른다는 절박한 심정이 담겨 있는 것만은 분명했고, 그렇게 함으로써 홀로 잠들지 못하는 외로운 밤을 겨우겨우 견뎌냈다.

'편히 잘 수만 있다면……'이란 생각을 몇 번을 했는지 모른다. 이런 불안도 요시다가 그날 밤 잠들 수 있다는 보장만 있다면 아무런 고통이 안 될 텐데, 괴로운 것은 낮이고 밤이고 언제 잠들 수 있을지 상정할 수 없다는 사실이었다. 요시다는 무슨 수를 써서라도 평온을 되찾을 때까지는 좋든 싫든 항상 긴장한 상태로 낮과 밤을 지내야만 했다. 수면은

비가 오다 말다 하는 날 비추는 가느다란 햇빛처럼 때때로 왔다가 금방 사라지기에 협상할 여지를 주지 않았다. 요시다는 온종일 간호하느라 지쳤다고 해도 잘 때가 되면 항상 쿨쿨 잠드는 어머니가 참으로 편해 보이다가도 박정해 보였지만, 결국 이 모든 것이 현재 자신의 몫이라고 마음을 내려놓고 또 그 노력을 지속할 수밖에 없었다.

그러던 어느 날 밤이었다. 요시다의 방에 갑자기 고양이 한 마리가 기어들어 왔다. 그 고양이는 평상시에도 그의 이불 속에 기어들어 자는 버릇이 있었다. 요시다가 이렇게 되고 나서는 방에 들어오지 못하도록 유난스럽게 굴었는데, 어디로 들어온 것인지 느닷없이 야옹야옹하는 소리를 내며 방 안에 들어온 것이나. 요시나는 순간석으로 불안과 짜증 같은 것을 느꼈다. 옆방에서 자고 있는 어머니를 부를까도 생각했지만 어머니도 유행성 감기 같은 것에 걸려 이삼일 전부터 누워 있었다. 요시다는 본인은 물론이고 어머니도 고려해서 간병인을 부르자고 제안했지만 어머니는 "나만 좀 고생하면 괜찮다."라

며, 요시다로서는 상당히 고통스러운 생각을 고집
스럽게 주장했다. 이런 상황이 되고 보니 역시나 고
작 고양이 한 마리 때문에 아픈 어머니를 깨울 수
는 없겠다는 생각이 들었다. 요시다는 고양이를 보
면서 '이런 일이 생길 것 같아서 그렇게까지 까다롭
게 이야기를 했던 건데.'라고 생각하며, 자신이 신
경질을 내면서까지 치른 고통스러운 희생이 이렇게
아무런 보람 없이 내동댕이쳐졌다는 사실에 짜증
이 났다. 하지만 지금 성질을 부려봤자 아무런 득도
없다고 생각하니 미동도 할 수 없는 몸으로 저 정체
모를 고양이를 내보내는 것이 얼마나 끈기가 필요
한 일인가를 생각하지 않을 수 없었다.

　고양이는 베개 쪽으로 접근해서 언제나처럼 잠옷
목덜미 쪽을 지나 이불 속으로 파고들었다. 요시다
는 고양이의 차가운 코와 문밖에서 맞은 서리에 젖
어 있는 털끝을 뺨으로 느꼈다. 그는 즉시 목을 움
직여 잠옷의 벌어진 틈을 막아보았다. 그러자 고양
이는 대담하게도 베개 위로 올라와서 또 다른 틈으
로 마구 고개를 들이밀었다. 요시다는 느릿느릿 끌

어울린 한쪽 손으로 고양이 코끝을 밀쳐냈다. 이게 벌을 주는 건가 하는 생각밖에 못할 동물을 이렇듯 극도로 감정을 억누른 미세한 몸동작만으로 내쫓는다는 것은 정체 모를 상대의 회의감을 유도해서 포기하게 하는 궁여지책을 의미했다. 하지만 힘겹게 성공한 줄 알았더니 고양이는 방향을 바꿔서 느릿느릿 이불 위로 올라와 그 위에 몸을 둥글게 말고 앉아 털을 핥기 시작했다. 그리로 가면 어찌할 도리가 없다. 살얼음을 밟는 듯했던 요시다의 호흡이 갑자기 묵직해졌다. 그는 어머니를 깨울지 말지 고민하다가 결국 참아왔던 짜증을 터트렸다. 요시다가 도저히 참을 수 없는 상황이 아니었을 수도 있다. 하지만 참고 있는 동안만큼은 잠이 들었는지 아닌지 확신치 않은 잠이기는 했어도 이제 그 가능성이 완전히 사라졌다는 사실을 고려해야 했다. 그리고 잠이 오기를 계속 참고 기다려야 하는지는 그야말로 고양이가 어떻게 나오느냐에 달린 것이고, 언제 일어날지 모르는 어머니에게 달린 것이라 생각하면 멍청이처럼 마냥 기다릴 수는 없을 것 같은 기분이 들었다. 하지만 어머니를 깨우자니 이런 감정을 잠시 억누른 상태로 몇 번이고 어머니를 불러야 할 텐데, 하는 생각만으로도 요시다는 극도의 피로감을 느꼈다. 잠시 후 그는 최근 며칠간 스스로 일으킨 적 없었던 몸을 조금씩 움직이기 시작했다. 그리고 겨우 몸을 일으켜 이불 위에 몸을 말고 자고 있는 고양이를 꽉 잡아 들었다. 요시다의 몸은 그 정도 움직임만으로도 이미 파도가 치듯 불안으로 요동쳤다. 그러나 요시다로서는 어쩔 도리가 없었기에 고양이가 기어들어 온 방구석으로 '두 번 다시 귀찮은 일이 생기지 않도록' 내던졌다. 그리고 다시 이부자리 위에 가만히 앉아 이후에 찾아올 무시무시한 호흡곤란에 몸을 맡겼다.

2.

하지만 그런 고통도 서서히 견딜 수 있을 만한 수준이 되었다. 요시다는 드디어 잠다운 잠을 잘 수 있게 되어 '고생했던 게 엊그제 같은데.'라고 생각하고 나니 그제야 괴로웠던 지난 2주일이 떠올랐다. 그것은 사상도 아무것도 없이 거칠기만 한 암석이 중첩되는 풍경이었다. 문득 손꼽히게 끔찍했던 기침으로 고생하던 와중에도 계속해서 머릿속에 희한한 단어가 맴돌았던 것이 기억났다. 그것은 '히르카니아의 호랑이'라는 단어였다. 이는 기침을 할 때 성대가 울리는 소리와도 관련이 있는 듯했는데, 요시다가 그것을 기억하고 있는 것은 "나는 히르카니아의 호랑이다."라고 줄곧 중얼거렸기 때문인 것 같다. 하지만 도대체 그 '히르카니아의 호랑이'라는 것의 정체가 무엇이란 말인가. 요시다는 항상 기침을 한 후에 이상한 기분에 휩싸이곤 했다. 분명 잠들기 전에 읽었던 소설 같은 데 등장한 것이겠거니 했지만 그게 정작 무엇인지는 떠오르지 않았다. 요시다는 또한 '자신의 잔상'을 볼 수 있다는 사실을 깨닫기도 했다. 하도 기침을 하는 바람에 기운이 다 빠져서 머리를 베개에 누여도 잔기침은 멈추질 않았다. 기침을 할 때마다 일일이 목을 긴장하고 있을 수는 없겠다는 생각에 기침이 나오는 대로 내버려 두었더니 그때마다 머리가 심하게 흔들렸다. 그러면 '자신의 잔상'이 몇 개나 보이곤 했다.

하지만 그런 것도 전부 괴로웠던 2주간의 추억이 되었다. 잠들지 못하는 건 똑같은데 마음속에서 뭔가 쾌락을 갈구하는 듯한 기분이 드는 밤도 있었다.

어느 날 밤엔 담배를 뚫어지게 바라보았다. 이부자리 옆에 있는 화로 근처에 잘게 썬 담뱃잎 봉투와 파이프가 보였다. 사실 보인다기보다는 요시다가 무리해서 보고 있는 것이므로 그것을 보고 있다는 사실 자체가 뭐라 말로 표현할 수 없는 즐거움을 가져다주는 것 같았다. 요시다가 잠들지 못하는 것은 그 기분 탓이었는데, 그렇게 보자면 그것은 과도한 즐거움이었다. 그는 자신의 뺨이 그 즐거움에 취해 조금씩 달아오르는 것까지 눈치챘다. 하지만 요시다는 결코 다른 쪽을 보고 잠들고 싶지는 않았다. 모처럼 느낀 봄날 밤과 같은 기분을 한순간에 앓는 소리로 가득한 겨울 같은 기분으로 만들고 싶지 않았다. 하지만 잠을 못 자는 것도 요시다로서는 힘든 일이었다. 예전에 불면증의 원인은 결국 환자가 잠들기를 바라지 않기 때문이라는 학설이 있다고 누군가에게 들은 적이 있다. 요시다는 그 이야기를 듣고 나서 잠들지 못할 때 자신에게도 그런 마음이 있는 것은 아닌가 생각해보며 하룻밤 동안 그것을 확인해본 일이 있는데, 지금 잠들지 못하는 것은 확인해보고 말 것도 없이 분명한 이유가 있었다. 하지만 그 숨겨진 욕망을 실행에 옮길지 말지의 단계가 되면 요시다는 두말할 필요도 없이 부정할 수밖에 없었다. 담배를 피우려 해도 그 도구가 손에 닿는 위치로 가는 것만으로도 지금 느끼는 이 봄날 밤 같은 기분이 한순간에 사라져버린다는 것은 요시다도 알고 있었다. 만일 담배를 한 모금 빨아들이면 며칠 동안 잊고 있었던 어떤 무서운 기침의 고통이 넘쳐올 것이라는 것도 요시다는 대충 알고 있었다. 무엇보다도 자신이 저 담배를 가져다 놓은 사람 때문에 심한 고통을 겪는다면 곧바로 화를 내며 고함을 지를 어머니! 어머니가 잠든 사이에, 그것도 그 사람이 깜빡 두고 간 담배를 피운다면……. 역시나 요시다는 그 욕망을 즉시 접을 수밖에 없었다. 그는 결코 그 욕망을 노골적으로 의식하려고 하지는 않았다. 그리고 한없이 그 방향을 바라보고는 잠들지 못하는 봄날 밤과 같은 두근거림을 느꼈다.

또 어느 날은 거울을 갖다달라고 부탁해서 거기에 한겨울의 말라붙은 정원 풍경을 비추어 바라보기도 했다. 남천의 붉은 열매가 매번 눈을 뜨이게 하는 듯한 자극을 주며 눈에 아른거렸다. 또 거울에 반사된 풍경 쪽을 망원경으로 들여다보면 잘 보일지 어떨지, 요시다는 제법 긴 시간 동안 이부자리에서 생각했다. 괜찮을 것 같아서 망원경을 갖다달라 하여 거울과 겹쳐 들여다보니 생각한 대로 괜찮았다.

하루는 정원 한구석과 이어져 있는 동네의 커다란 상수리나무에 철새가 몰려와 있는 소리가 들렸다.

"저건 대체 무슨 소리라니?"

어머니는 유리 장지문 쪽으로 나가면서 혼잣말 같기도 하고 요시다에게 하는 말 같기도 한 소리를 뱉었는데, 짜증을 내는 것이 버릇이 된 요시다는 '알게 뭐야!' 하는 마음으로 굳이 아무런 대꾸도 하지 않았다. 하지만 그렇게 가만히 있는 것은 요시다의 입장에서 보면 곱게 대처한 편이었다. 만약 기분이 안 좋을 때 같았으면 그 침묵 자체가 피곤해져서 '대체 왜 그런, 묻는 건지 아닌 건지 모를 소리를 하는 거야? 내가 저게 뭔지 볼 수 있다고 생각해?' 이런 소리부터 시작해서 어머니가 내 말을 부정한다면 '내가 아무리 말해봤자 어머니는 자기가 무심결에 말한 건지 뭔지조차도 모르는 상황인데, 항상 그런 식으로 아무 생각 없이 하는 말에 나는 무리를 해서라도 거울하고 망원경을 가지고 와서 확인해봐야 할 것 같은 의무감을 느끼니까 더 피곤해지는 거 아냐!' 이런 식으로 어머니를 몰아붙일 테지만, 그날 아침에는 기분이 아주 상쾌했기 때문에 잠자코 어머니 이야기를 듣고 있었던 것이다. 그러자 이미니는 요시다가 그런 생각을 하는 줄은 꿈에도 모르고 또 조용히 한마디 중얼거렸다.

"아주 참한 새야."

"그러면 참새겠네."

요시다는 어머니가 저 새를 참새라고 하고 싶어

서 그런 형용사를 썼다는 것을 알 것 같았기에 참새라고 대답을 했는데, 잠시 있다가 어머니는 또 요시다가 그런 생각을 하는 줄은 짐작도 못하고,

"털이 뭐 찌를 듯이 난 새야."

요시다는 짜증이 나기는커녕 어머니의 의도가 재미있어져서,

"그러면 찌르레기겠네."

대답하고는 혼자 웃음이 터질 뻔했다.

그러던 어느 날, 오사카에서 라디오 판매상을 하는 막냇동생이 병문안을 왔다.

동생이 사는 곳은 몇 개월 전까지 요시다와 어머니, 동생들이 함께 살았던 집이었다. 그 집은 5~6년 전에 요시다의 아버지가 학교에 가지 않는 막냇동생에게 뭔가 할 만한 장사를 시켜보고자, 그리고 자신도 그 아들을 뒷바라지하며 노후 생활을 보내기 위해 사들인 잡화점이었다. 동생은 자기 장사를 하겠다며 가게 절반에 해당하는 공간을 라디오 판매점으로 개조했다. 작은 잡화점 공간은 어머니가 돌보면서 생활을 이어온 곳이었다. 그곳은 오사카의

도시가 점점 남쪽으로 확장되면서 십 몇 년 전까지는 잡초가 무성한 시골 동네였던 토지를 점차 주택과 학교, 병원 부지 등으로 개발하고 그 사이사이의 공간 대부분에는 지역 주민이었던 지주들이 작은 연립주택들을 줄줄이 세우면서 허허벌판이었던 공간들이 해마다 자취를 감추어가는 식으로 변모한 마을이었다. 동생의 가게가 있는 곳은 그중에서도 비교적 일찌감치 개발된 큰길가에 있었는데 길 양쪽으로 제법 큰 마을다운 여러 상품을 취급하는 가게들이 들어서 있었다.

요시다가 도쿄에서 살다가 병세가 악화되어 집으로 돌아온 것이 약 2년 전의 일이었다. 요시다가 돌아온 그다음 해에 아버지가 그 집에서 돌아가시고 얼마 안 있어 동생이 군대에 징집되었다가 돌아와서 서서히 자리를 잡고 장사를 시작하여 결혼도 했다. 그것을 계기로 일단 요시다도 어머니도 동생도, 그때까지 마을 외곽에서 살고 있었던 요시다의 형 집에 신세를 지게 되었다. 형이 줄곧 살던 마을에서 좀 떨어진 시골에 요양하기 딱 좋은 별채가 있는 집을 발견하여 이사한 것이 3개월 전쯤의 일이었다.

동생은 요시다의 방에서 얼마 동안 어머니를 상대로 듣기 거북할 것 없는 자기 식구 이야기를 하다가 돌아갔다. 동생을 배웅하러 나갔던 어머니가 잠시 후에 방으로 돌아와서 또 잠시 있다가 갑자기,

"그 잡화점집 딸이 죽었다네."

하고 요시다에게 말을 걸었다.

"흐음."

요시다는 대답하는 동시에 동생이 그 이야기는 이 방에서 하지 않고 배웅하러 따라나선 어머니와 안방 쪽에서 했겠구나, 생각했다. 역시나 동생 눈에는 자신이 그런 이야기를 해서는 안 될 정도의 환자로 보였나 싶었다. 그러려니 싶다가도,

"근데 쟤는 그런 얘기를 저쪽 방에서 하고 그런대요?"

라는 투로 물었다.

"그야 네가 놀랄까 봐 그런 거지."

어머니가 별로 개의치 않고 답해서 요시다는 당장에라도 "그럼 엄마는?"이라고 되받아치고 싶었

지만 지금은 그런 이야기를 할 기분이 아니었기에, 그 딸이 죽었다는 이야기를 두고 곰곰이 생각해보았다.

　요시다는 예전부터 그 집 딸이 폐가 안 좋아서 앓아누워 있다는 이야기를 들어 알고 있었다. 그 잡화점이라는 곳은 요시다의 동생 집에서 교차로를 하나 건너 두세 집 지나가면 나오는 수수한 느낌의 가게였다. 요시다는 그 가게에 그런 딸이 있다는 것을 몇 번 듣기는 했어도 기억을 못 했는데, 그 집 아주머니만큼은 항상 근처에 마실을 다녔기에 자주 보아서 알고 있었다. 요시다는 아주머니를 보면 늘 지나치게 사람 좋아 보이는 얼굴이 오히려 살짝 짜증나는 인상이라고 생각했었는데, 아주머니가 묘하게 사람 좋은 미소를 지어가면서 근저 아주머니들과 수다를 즐기러 다니다가 놀림감이 되는 장면을 자주 목격했기 때문이었다. 하지만 그것은 요시다의 지나친 생각이었다. 사실은 아주머니가 귀가 잘 안 들리는 탓에 사람들이 손짓 발짓을 섞어주지 않으면 이야기가 통하지 않았고 게다가 아주머니가 마치 코가 주저앉은 듯한 목소리로 이야기를 하는 통에 오히려 남들을 경멸하는 듯한 인상을 주기 때문이었다. 몇몇 사람들에게 무시당하기는 했어도 재미 삼아 손짓을 섞어가며 이야기를 나누어주는 사람이 있기도 하고 코가 눌린 목소리라도 그 이야기를 들어주는 사람이 있었기에 아주머니도 아무런 거리낌 없이 동네 사람들 속에 섞여 놀 수 있었다. 그것이 어떤 가식도 무엇도 없는 이 마을의 진정한 생활상이라는 것은 요시다도 여러 가지 상황을 겪고서야 비로소 이해할 수 있었다.

그리하여 요시다도 처음에는 그 딸보다 아주머니에 관한 이야기가 잡화점과 관련된 지식의 대부분을 차지하고 있었는데, 점차 딸 이야기가 자신과도 연관되어 주의를 끌기 시작한 것은 딸의 상태가 악화되면서부터였다. 이웃 사람들 말로는 그 잡화점 아저씨가 상당한 구두쇠라서 딸을 병원에 보내지 않는 건 물론이고 약도 사다주지 않는다고 했다. 그래서 오로지 어머니인 아까 그 아주머니만이 딸을 돌보는데, 딸은 2층 방 한 칸에 매일 누워 있고 아저씨와 아들, 그리고 시집온 지 얼마 안 된 며느리도 환자 근처에는 잘 가지 않는다고 했다. 어느 날 요시다는 그 집 딸이 매일 식후에 송사리를 다섯 마리씩 삼킨다는 이야기를 듣고 '뭘 또 그런 짓을 한대?'라고 생각하다가 그때부터 그 집 딸이 기억에 남게 되었다. 그렇다고는 해도 요시다에게는 그저 먼 남 일이나 다름없었다.

그런데 그 후 얼마 안 되어 그 집 며느리가 요시다네 집에 외상값을 받으러 왔을 때, 식구들과 이야기 나누는 것을 이쪽 방에서 듣고 있었는데, 그 송사리를 먹고 난 후로 병세가 좋아졌다고 하는 이야기와 아저씨가 열흘에 한 번 정도 송사리를 잡으러 들판에 나간다는 이야기 등을 하고 나서 마지막으로,

"우리 빈 이망 많은데, 아드님한테도 솜 잡아다 먹이면 어때요?"

하는 이야기를 듣고 요시다는 순간 당황하고 말았다. 무엇보다도 자신의 병세가 그렇게 서슴없이 이야기할 정도로 사람들에게 알려져 있었나 생각하면 새삼스레 놀라지 않을 수가 없었는데, 사실 생각

해보면 무리가 없는 이야기이긴 했다. 이제 와서 굳이 놀랐다는 것은 역시나 요시다가 평소에 스스로에 대해 본인 좋을 대로만 상상했었다는 것을 이제는 깨달아야 한다는 뜻이었다. 하지만 그보다 더 생생하게 다가온 것은 그 송사리를 먹여보면 어떻겠냐는 이야기였다. 나중에 식구들이 웃으면서 송사리 이야기를 했을 때 요시다는 진짜 잡아 오면 어쩌지 싶어서 그 물고기도 살아야지 않겠냐고 얄미운 소리를 퍼부었는데, 요시다는 송사리 따위를 삼키면서 점점 죽어간 그 집 딸을 상상하면 견딜 수 없는 우울함에 빠지곤 했다. 그 딸에 관련된 이야기는 그 소식을 마지막으로 듣고, 요시다는 지금 있는 시골집 쪽으로 이사를 오고 말았다. 얼마 후에 어머니가 동생 집에 다녀온 뒤 이야기를 해주는데 그 집 어머니가 갑자기 돌아가셨다고 했다. 어느 날 현관 문지방에서 거실 화로 쪽으로 바로 건너가려다 뇌일혈인지 뭔지로 죽었다는 상당히 허무한 이야기였는데, 어머니는 아주머니가 돌아가시면 그 집 딸이 얼마나 마음이 안 좋을까, 오로지 그 걱정만 하고 있었다. 그리고 아주머니가 평소에는 그렇게 보여도 아저씨에게는 비밀로 하고 딸을 시민병원에 데려가기도 하고 딸이 와병 생활을 하게 되자 몰래 약을 사다주기도 했다는 푸념을 들은 적이 있다고, 역시 엄마는 엄마라고 말했다. 요시다는 그 이야기가 굉장히 절절하게 다가와 평소에 아주머니를 보며 느꼈던 인상도 완전히 바뀌었다. 어머니는 또 이웃에게 들은 이야기라며, 그 아주머니가 돌아가신 뒤로는 아저씨가 부인을 대신하여 딸을 돌봐주고 있고, 지금 상태가 어떤지는 모르지만 아저씨가 이웃집 사람한테 하는 이야기로는 '죽은 아내가 무엇하나 도움 되는 건 없었지만 그래도 그 2층을 올라갔다 내려오기를 하루에 서른 몇 번을 했다고 생각하면 그것만큼은 정말 감탄하시 않을 수가 없다'고 했다고 요시다에게 이야기해주었다.

그게 잡화점 딸의 최근 소식이었다. 요시다는 그동안의 이야기를 모두 떠올리며 그 딸이 죽음과 맞닥뜨렸을 때 마주했을 외로운 기분을 생각하는 동안 자신도 모르는 사이에 마음이 너무나 불안하고 이상해지는 것을 느꼈다. 요시다는 자신이 밝은 방에 누워 있고 곁에 어머니가 있는데도 어쩐지 자기 홀로 깊은 나락으로 떨어져 벗어날 수 없을 것만 같은 기분이 들었다.

"놀랍긴 하네요."

어느 정도 지나고 요시다는 어렵사리 말을 꺼냈는데 어머니는,

"그렇겠지."

하고 오히려 요시다를 설득하려는 듯한 말투로 답하면서 딱히 어머니 자신은, 자신이 말한 것에 대해서는 아무런 느끼는 바가 없다는 듯이 또 그 딸에 관련된 이야기를 여러 가지 늘어놓고는 마지막으로,

"역시 딸 옆에 어머니가 있어줬어야 했나 봐. 그 아주머니가 죽고 아직 2개월도 안 지났는데." 하며 탄식을 하는 것이었다.

3.

　요시다는 잡화점 딸 이야기를 듣고 난 후 여러 가
지를 생각했다. 먼저 깨달은 것은 요시다가 그 마을
에서 이쪽 시골로 온 지 아직 몇 개월도 안 됐는데
그동안 그 마을 사람 누가 죽었다더라 하는 소식이
제법 많이 들려왔다는 것이다. 어머니는 한 달에 한
두 번 그 마을을 다녀올 때마다 꼭 그런 소식을 듣
고 왔다. 그리고 그것은 대부분 폐병으로 죽은 사람
들의 이야기였다. 이야기를 들어보면 다들 병에 걸
려서 죽기까지 기간이 굉장히 짧았다. 어느 학교 선
생님 딸은 약 반년 사이에 죽었고, 지금은 또 아들
이 아파 누워 있다고 했다. 큰길가의 털실 잡화점
주인은 얼마 전까지만 해도 가게에 들어놓은 털실
직기로 온종일 털실을 짰는데 갑자기 죽는 바람에
가족들이 바로 가게를 접고 고향으로 돌아갔으며
그 자리에는 카페가 들어섰다고 한다.

　그리고 요시다는 지금 이런 시골에서 지내면서 가
끔 그런 이야기를 들으니까 아주 생생하게 느껴지는

것이지, 저 마을에 있었던 2년이라는 시간 동안에도 역시나 그런 이야기는 셀 수 없이 벌어지고 사라졌을 것이라는 사실을 생각하지 않을 수가 없었다.

요시다는 2년쯤 전에 병세가 악화되어 도쿄에서의 학업을 미루고 이 마을로 돌아왔는데, 이는 요시다로서는 거의 처음으로 세상을 의식적으로 바라보는 생활이었다. 하지만 그렇다고는 해도 그는 항상 집 안에 틀어박혀 있었기에 그런 지식이라고 할 만한 것은 대체로 식구들의 입으로 전해 들었다. 요시다는 그 잡화점 딸이 먹었다는 송사리처럼 많은 사람들이 추천하는 폐병 특효약이라는 것만 봐도 이 세상이 이 병과 맞서는 전술이 얼마나 무지한지 잘 알 수 있었다.

시작은 아직 요시다가 학생이었을 때, 이 집에 휴가차 돌아왔을 때의 일이었다. 돌아온 지 얼마 되지 않아 요시다는 어머니로부터 사람 뇌를 새카맣게 태워 만든 생약이 좋다던데 먹어보지 않겠느냐는 말을 듣고 기겁한 적이 있다. 요시다는 어머니가 머뭇거리는 것도 아니고 평소 같지 않은 말투로 그런 이야기를 꺼냈을 때 도대체 저게 진심인지 아닌지, 몇 번이고 어머니 얼굴을 들여다볼 정도로 기분이 이상했다. 요시다는 지금껏 어머니가 절대 그런 소리를 할 사람이 아니라고 믿고 있었고, 어머니마저 저런 말을 꺼낼 줄이야 생각하니 어쩐지 의지할 곳이 하나 없는 듯한 묘한 기분이 들었다. 그리고 어머니가 그 생약을 추천해준 사람에게 약을 조금 얻어왔다는 이야기를 들었을 때 요시다는 몸서리가 쳐질 정도로 기분이 나빠졌다.

어머니 말로는 채소를 팔러 오는 여자가 있는데 그 사람과 이런저런 이야기를 하다가 그 특효약에 대한 이야기가 나왔다고 한다. 그 여자에게도 폐병을 앓는 동생이 있었는데 세상을 떠나고 말았다. 그리고 마을 화장터에서 화장을 하는데 한 스님이 나가와서,

"사람 뇌를 까맣게 태워 약을 만들면 이 병에 아주 효과가 있다네. 자네도 사람을 돕는다는 마음으로 재를 챙겨 가서 혹여 이 병으로 힘들어하는 이가 있으면 나눠주게."

이렇게 말하고는 그 재를 꺼내주었다는 것이다. 요시다는 그 이야기를 들으며 아무 치료도 받지 못한 채 죽어간 그 여자의 동생, 그를 잘 보내주고자 화장터에 서 있던 누나, 그리고 스님이라고 하면서 별 도움도 안 되는 남자가 그딴 소리를 하면서 화장하고 남은 뼈를 쓸어가는 화장터 풍경을 떠올렸다. 그 여자가 그 말을 믿고 다른 사람도 아닌 자기 동생의 뇌가 타고 남은 재를 항상 품고 다니며 그것을 폐병을 앓는 사람을 만나면 주겠다는 마음에서는 정말이지, 뭐라 말로 형언할 수 없는 감정이 느껴졌다. 그리고 그런 것을 받아와서는, 심지어 자신이 먹지 않을 것이라는 걸 알 텐데 저걸 어쩌려는 셈일까? 요시다는 어머니가 돌이킬 수 없는 못난 짓을 했다는 생각이 들었다. 옆에서 이 이야기를 듣고 있던 요시다의 막냇동생도,

"엄마, 그런 이야기는 이번까지로만 합시다."

하고 끼어들어주었기에 대충 웃고 넘어갈 만한 일로 그렇게 마무리되었다.

이 마을로 돌아와 얼마 후에는 누군가 목매 자살

8 8

한 끈을 가져와 '속는 셈 치고' 한번 달여 마셔보지 않겠느냐고 했다. 그 약을 추천한 사람은 나라奈良에서 칠 기공을 하는 남자였는데, 그 끈을 어떻게 얻었는지에 대한 이야기를 요시다에게 들려주었다.

그의 마을에 폐병을 앓는 홀아비 하나가 병세가 심해졌는데 돌봐줄 사람도 거의 없어서 다 무너져가는 집에 홀로 버려진 것이나 다름없었고 결국 얼마 전에 목매 죽고 말았다. 그런데 그 사람이 빚을 여럿 지고 있었던 모양이다. 죽었다는 소문에 채권자들이 찾아왔는데 그 사람에게 집을 빌려주었던 집주인이 채권자들을 모아놓고 그 자리에서 그 사람의 소지품을 경매에 부쳐 처리하게 했다. 그런데 소지품 중 가장 비싼 값을 받은 것이 그 사람이 목을 맨 끈이었고, 그것을 한 마디 두 미디씩 사겠다는 사람이 붙어 결국 집주인은 그 돈으로 조촐하게나마 장례식을 치렀을 뿐 아니라 그동안 밀린 집세까지 처리했다는 이야기였다.

요시다는 그런 이야기를 듣는 건 괜찮아도 미신을 믿는 사람들의 무지함에 혀를 내두르지 않을 수 없었다. 하지만 생각해보면 사람의 무지함이라는 것은 정도의 차이가 있을 뿐, 그것이 멍청하다는 점만 빼면 그다음에 남는 것은 그런 사람들이 느끼는 폐병에는 아무런 수단이 없다는 절망감과 환자들이 어떻게 해서라도 좋아질 거라는 암시를 얻고 싶어 한다는 두 가지 사정이었다.

요시다는 그 전해에 어머니가 큰 병으로 입원하게 되면서 같이 병원에 간 적이 있다. 병원 식당에서 아무 생각 없이 밥을 다 먹고 멍하니 창밖 풍경을 바라보고 있는데 느닷없이 눈앞에 얼굴을 들이밀며 매우 강력하면서도 숨죽인 목소리로,

"심장이 아파요?"

하고 귓속말을 한 여자가 있었다. 요시다는 깜짝 놀라 그 여자 얼굴을 쳐다보았는데, 그는 병원에서 입원 환자를 돌보는 간병인 중 한 명으로, 물론 그런 간병인도 매번 사람은 바뀌지만 그 시기에, 밉살스러운 농담을 해대며 식당에 모여드는 다른 간병인들을 휘어잡는 아주머니였다.

요시다는 이게 무슨 이야기인가 싶어 잠시 상대

방의 얼굴을 보고 있었는데 바로 '아아, 그렇구나.' 하고 깨달은 것이 있었다. 요시다가 정원 쪽을 바라보기 전에 기침을 했기 때문이었다. 그리고 그 여자는 요시다가 기침을 하고 나서 정원 쪽을 바라본 것을 오해하여 이건 분명 '심장이 아픈' 것이라고 착각한 것임을 짐작할 수 있었다. 기침이 갑자기 심장의 움직임을 격하게 만들 수 있다는 점은 요시다도 경험으로 알고 있었다. 무슨 일인지 이해한 요시다가 그제야 그런 게 아니라고 대답했지만 그 여자는 그 대답에는 전혀 상관하지 않고,

"그 병에 잘 듣는 약이 있는데 알려줄까요?"

하고, 또 위협적인 강한 어조로 가만히 요시다의 얼굴을 들여다보는 것이었다. 요시다는 아무튼 자신이 '그 병'에 걸린 것으로 보인다는 점이 불쾌했지만,

"무슨 약인데요?"

하고 순순히 되물어보았다. 그러자 그 여자는 또 이런 소리를 하며 요시다가 할 말을 잃게 만들었다.

"그건 지금 여기서 가르쳐준들 이 병원에서는 안

돼요."

　어마어마한 전제를 걸며 그 여자가 이야기한 약이라는 것이 무어냐 하면, 초벌구이만 한 흙 주전자에 쥐 새끼를 잡아넣고 그것이 숯이 될 때까지 태운 것으로 그것을 극히 소량씩 먹으면 '한 마리 다 먹기도 전에' 낫는다는 것이었다. 그리고 그 '한 마리 다 먹기도 전에'라는 표현에서 그 아주머니는 또 무시무시한 얼굴로 요시다를 노려보았다. 요시다는 그 시점에서 완전히 아주머니에게 말려들었는데, 그 여자가 자신의 기침에 예민하게 반응한 것이나 그 약 이야기를 종합해보면 그 여자가 간병인이라는 직업을 가진 탓도 있겠으나 가까운 가족 중에 그 병을 지닌 사람이 있는 게 분명하다는 생각이 들었다. 요시다가 병원에 온 후로 가장 인상적이었던 것은 이 간병인이라는 외로운 여성들의 무리였다. 그 사람들은 모두 단순히 생활에 필요해서뿐만이 아니라 남편과 사별했다든가 나이가 들어 돌봐줄 사람이 없다든가, 뭔가 그러한 인생의 불운에 관련된 낙인이 찍힌 사람들이라는 점을 관찰했는데, 어쩌면 이 아주머니도 가족이 그 병으로 세상을 떠나면서 지금 이렇게 간병인을 하고 있는 건 아닐까 문득 그런 생각이 들었다.

요시다는 병 때문에 이런 기회가 가끔씩 있어야만 세상이 어떻게 돌아가는지 파악할 수 있었지만, 기껏 그 세상을 알고 보면 모두 요시다가 폐병 환자라는 것을 간파하고 접근해오곤 했다. 병원에 있었던 약 한 달 동안에는 이런 일도 있었다.

어느 날, 요시다가 병원 근처에 있는 시장에 어머니를 위해 뭔가를 사러 나갔을 때의 일이었다. 시장에서 볼일을 마치고 돌아오는 길에 한 여자가 서 있었는데, 그 여자가 말똥말똥한 눈빛으로 요시다의 얼굴을 들여다보며 다가와서는,

"저기, 혹시……."

하고 요시다를 불러 세웠다. 요시다는 무슨 일인가 싶어,

"……?"

하고 돌아봤는데 이 여자가 아무래도 사람을 착각한 것 같다는 느낌을 받았다. 이런 일은 길에서

자주 겪기 마련이고 대부분이 호의적인 분위기로 끝나는 것처럼, 이때도 요시다는 굳이 따지자면 호의적인 마음으로 여자의 다음 말을 기다렸다.

"혹시 폐가 안 좋지 않으세요?"

갑자기 그런 얘기를 하는 통에 요시다는 적잖이 놀랐다. 하지만 그로서는 딱히 드문 경험은 아니었고 무례한 이야기를 이렇게 아무렇지 않게 하는 사람도 있구나, 싶었지만 뚫어져라 자신을 쳐다보는 여자의 표정에 어쩐지 지적 감성이 결여된 것을 보아하니 이다음 말에 뭔가 인생에서 손꼽을 만한 사건이 터져 나오는 것이 아닐까 하는 마음도 들었다.

"예, 나쁘기는 한데…… 무슨 일이시죠?"

하고 대답하자, 그 여자는 갑자기 막힘없이 다음과 같은 이야기를 꺼냈다. 말인즉슨, 그 병은 병원이나 약으로는 해결이 안 된다. 신앙심이 없으면 살아날 방법이 없다. 그리고 자기도 남편이 있었는데 그 병으로 세상을 떠난 후 자신도 똑같이 아팠지만 신앙심을 갖고 비로소 살아날 수 있었다. 그러니 당신도 꼭 신앙심을 가지고 그 병을 고쳐라. 이런 이야기를 한없이 늘어놓는 것이었다. 그 이야기를 하는 동안 요시다는 자연스레 그 이야기보다 이야기하는 여자의 얼굴을 더 주의 깊게 볼 수밖에 없었다. 그런데 그 여자에게는 그러한 요시다의 표정이 상당히 난해해 보였던 것인지 여러 가지로 요시다의 마음을 헤아리는 방향으로, 게다가 매우 집요하게 그 이야기를 지속했다. 그리고 요시다는 이야기가 다음과 같이 전개되었을 때 비로소 깨달았다. 그 여자는 자신이 천리교 교회를 가지고 있으며 거기서 여러 가지 이야기를 하고 기도를 올리고 있으니 당신도 꼭 와주었으면 좋겠다는 이야기를 하며 허리춤에서 명함이라고 할 수도 없는, 고무판에 주소만 대충 새겨 찍어낸 볼품없는 종잇조각을 꺼내면서 요시다를 초대했다. 마침 그때 자동차 한 대가 지나가면서 빵빵하고 경적을 울렸다. 요시다는 일찌감치 차가 오는 걸 눈치챘기에 이 사람이 이야기를 빨리 마무리하면 좋을 텐데 생각하면서 도로 한쪽으로 물러났지만, 여자는 자동차 경적 따위는 전혀 신경도 안 쓰는 눈치였다. 오히려 자신에게 주목

하지 않는 요시다의 눈치를 필사적으로 살피며 이야기를 계속하는 바람에 자동차는 도로 위에서 이도 저도 못하고 있었다. 요시다는 그 이야기 상대로 잡혀 있다는 민망함에 어쩔 줄 몰라 하며 여자를 서둘러 길 한쪽으로 끌어냈지만 그 와중에도 여자는 오로지 "교회에 꼭 오세요."라는 말을 이어가다가 느닷없이 "저도 지금 교회에 가는 길이거든요, 같이 가시죠."라는 이야기로 발전했다. 요시다가 볼일이 있다고 거절했더니 그러면 지금 어디에 사느냐고 물었다. 요시다는 그 질문에 "여기서 좀 더 남쪽 방향입니다." 하고 애매하게 대답하며 내 집을 알려줄 의지가 없다는 점을 알리려 했으나 그 여자는 즉각 "남쪽 어디요? ××마을 쪽이요, 아니면 ○○마을 쪽이요?" 하며 물러서지 않고 질문을 던지는 탓에 요시다는 마을 이름에 몇 가인지까지도 말할 수밖에 없었다. 요시다는 그 여자에게 거짓말할 생각은 조금도 없었기에 주소까지 털어놓게 된 것인데,

"아아, 2가 쪽이군요. 몇 번지예요?"

하며 기어코 마지막 주소까지 멈추지 않고 추궁

하는 것을 듣고 있자니 요시다는 울컥 신경질이 났다. 갑자기 '거기까지 이야기했다간 귀찮은 일이 벌어질 것 같다'는 자각을 한 탓이기도 하지만, 그와 동시에 이렇게까지 추궁해대는 집요한 여자의 태도에 숨 막힐 듯한 압박을 느꼈기 때문이었다. 요시다는 홧김에 성질이 나서,

"더 이상은 말하지 않겠습니다."

하고 상대방을 째릿 노려보았다. 여자는 갑자기 당황한 표정을 짓더니 요시다가 당황하여 다시 표정을 바꾸는 것을 보고는 그러면 가까운 시일 내에 꼭 교회에 와달라고 하고는 조금 전에 요시다가 걸어온 시장 쪽으로 가버렸다. 요시다는 일단 여자가 하는 이야기는 다 듣고 나서 상냥하게 거절해야겠다고 마음먹었던 자신이 생각시도 못한 사이에 궁지에 몰리다가 당황하여 울컥했다는 사실에 절반은 스스로도 꼴이 우스워 견딜 수 없었다. 그리고 아직 햇빛이 싱그러운 오전의 길 한복판에서 자신이 얼마나 환자 같은 몰골로 그리 활보하고 있었기에 이런 처참한 꼴을 당했나 생각하면 절반은 화가 났다.

병원으로 돌아와서 바로,

"그렇게 얼굴빛이 안 좋은가?"

하고 갑자기 거울을 꺼내어 얼굴을 들여다보면서 침대에 누워 있던 어머니에게 그 이야기를 들려주었다. 그러자 요시다 어머니는,

"요새는 흔한 일인데 뭘 그러니."

하며 자신도 시영 공설시장에 가는 길에 몇 번이고 그런 경험을 했다고 이야기하는 걸 보니 요시다는 그제야 이유를 알 것 같았다. 그런 교회가 신자 모으기에 혈안이 되어 있어 매일 아침 그런 여자들이 시장이나 병원 등 사람이 많이 모이는 장소 근처의 길에서 진을 치고 몸이 약해 보이는 사람들을 물색해서 요시다가 당한 것과 같은 수법으로 어떻게든 사람들을 교회로 끌고 가는 것이다. 요시다는 허무한 기분이 들면서도 자신이 생각했던 것보다 훨씬 현실적인, 그리고 최선을 다하는 이 세상의 한 장면을 본 것 같은 기분이 들었다.

요시다가 평상시에 자주 떠올리는 어느 통계 숫자가 있다. 폐결핵으로 사망한 사람을 백분율로 나

타낸 것인데, 그 통계에 따르면 폐결핵으로 사망한 사람 100명 중 90명 이상은 극빈층이고, 상류층 사람은 그중 한 사람도 안 된다는 통계였다. 물론 이건 단순히 '폐결핵으로 사망한 사람'의 통계라서 폐결핵 환자 중 극빈층 사망률이나 상류층 사망률을 의미하는 것은 아니고 극빈층이나 상류층이라 하는 것도 어느 수준까지를 가리키는 것인지는 알 수 없지만, 아무튼 그것은 요시다에게 다음과 같은 상상을 하게 하는 데에는 충분했다.

지금 매우 많은 폐결핵 환자가 죽음을 향해 달려가고 있다. 그중 사람들이 바라는 충분한 치료를 받고 있는 사람은 100명 중 1명도 안 되는 수준이고, 90명 이상이 거의 약다운 약도 못 먹고 죽어가고 있다는 것이다.

요시다는 지금까지 단순히 이 통계에서 그러한 내용을 유추해내고 자신이 경험한 것들에 비춰보아 생각해왔다. 잡화점집 딸의 사망 소식, 그리고 자신이 최근 몇 주 동안 겪은 고통을 고려하면 막연하게 또 이런 생각을 할 수밖에 없었다. 그 통계 속의 90

명가량 되는 사람들을 생각해보면 그중 여자도 있고 남자도 있으며 아이도 있고 노인도 있을 것이다. 그리고 개인적 사정이나 병의 고통을 강인하게 견디며 살아가는 사람도 있고 무엇이든지 잘 못 견디는 사람도 많을 것이다. 하지만 병이란 것은 결코 학교에서 행군°할 때처럼 버티지 못하는 약한 사람이 있다고 해서 그를 행군에서 제외하는 것이 아니라, 죽음이라는 최종 목적지에 도착할 때까지는 어떤 호걸이라도 약골이라도 모두 같은 열에 서서 좋든 싫든 끝까지 끌고 가는 것, 바로 그런 것이라는 생각이 들었다.

°   일본은 제국주의 시절인 1925년부터 학교에서 군사 교련을 실시했고 패전 이후 폐지하였다.

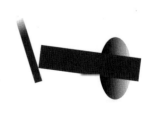

우리는 왜 아직도 불안하고 우울한가
― 가지이 모토지로에 대하여

안민희 / 옮긴이

가지이 모토지로는 다이쇼 시대(1912~1926년) 말기부터 쇼와 시대(1926~1989년) 초기에 걸쳐 몇 개의 주옥같은 작품을 남긴 작가다. 생전에 그는 일류로 평가받지 못했다. 첫 작품 「레몬檸檬」을 쓴 것은 1924년 24세 때이고, 발표 무대도 《푸른 하늘青空》이라는 동인지였다. 그 후로도 그의 작품은 《푸른 하늘》《문예도시文芸都市》《시와 시론詩と詩論》《작품作品》 등 동인지에 발표되었다. 1931년 말, 그의 마지막 작품 「태평한 환자のんきな患者」가 유일하게 상업 잡지 《중앙공론中央公論》(1932년 1월 호)에 발표된 게 전부다.

가지이 모토지로를 경솔하게 한마디로 표현하면 '주옥같은 작품을 남겼으나 요절하여 뒤늦게 빛을 본 문학청년'이라고 하겠지만, 이렇게 쓰면 청춘 소설의 주인공처럼 보여서 가지이가 눈살을 찌푸릴 것만 같다. 그러나 얼추 사실인 것도 있어서 그의 일생을 간단하게 적어보기로 한다.

자연을 뛰어다니고 음악을 사랑했던 소년 가지이는 이과 계열 고등학교에 진학하려다가 우연히 나쓰메 소세키夏目漱石의 작품을 읽고 문학청년이 된다(1919년 6월, 친구에게 보내는 편지에 '가지이 소세키'라고 서명한 적도 있었다). 고등학교에 들어가서는 기숙사에서 만난 친구들과 문학, 음악, 철학을 논하다가 뜻을 모아 《푸른 하늘》이라는 동인지를 창간한다. 이 잡지에 처음 실었던 소설이 「레몬」이다. 이후 여러 동인지에 「성이 있는 마을에서城のある町にて」「K의 승천K の 昇天」 등의 작품을 싣고, 1931년에는 「레몬」을 표제작으로 한 작품집을 발간했다.

1920년, 가지이는 폐첨 카타르 진단을 받고 줄곧 투병 생활을 해왔다. 작가 생활이 거의 병상에서 이루어졌다고 해도 지나치지 않았다. 「레몬」을 비롯하여 소설 속 주인공들은 거의 병을 앓고 있으며, 그래서인지 절대적인 우울이 깔려 있다. 1932년 1월, 가지이는 공식적인 문단 데뷔작이라고 할 수 있는 「태평한 환자」를 발표했다. 그러나 같은 해 3월, 작품이 제대로 평가를 받기도 전에 결핵으로 세상을 떠나고 만다. 32세의 젊은 나이였다. 당시, 그는 무명의 신인이자 문학청년에 지나지 않았다.

자연과 음악을 사랑했던 무명의 문학청년

가지이의 문학은 그가 세상을 떠나고 행복한 운명을 맞이했다. 1934년에 롯포쇼보六峰書房판 전집 (2권)이 나왔다. 작품사作品社판, 고토서원高桐書院판 전집을 거쳐, 1959년에는 3권짜리 전집이 완결판으로 지쿠마쇼보筑摩書房에서 출판되었다. 요도노 류조淀野隆三 등 가지이의 문학을 사랑한 친구들이 품은 우정의 산물이지만, 그것만으로는 설명할 수 없는 사람을 끌어당기는 그의 매력 때문이리라.

가지이는 사소설의 신기원을 개척했다는 평가를 받는다. 사소설의 영역을 넘어 감각적인 시정詩情이 담긴 독자적인 세계를 구축했다는 것이다. 앞에서도 말했듯이 가지이가 쓴 소설은 병자의 이야기다. 병자의 불안하고 우울하고 피곤한 이야기다. 그 시절만 해도 결핵은 불치병에 가까웠다. 100년이 지난 지금, 우리가 그의 이야기에 여전히 몰입하는 까닭은 우리 역시 수많은 이유로 불안하고 우울하고 피곤하기 때문일 것이다. 우리는 왜 아직도 불안하고 우울한가? 이 주제는 다음 100년 후에도 반복될 것이므로 더 이상 언급하지 않으련다. 그보다는 우울하고 피곤한 이야기에 작은 숨구멍을 뚫어 자신의 작품이 단순한 사소설로 끝나지 않게 만든 100년 전 가지이를 주목하고자 한다.

가지이의 소설 속 주인공은 아프고 우울하더라도 한없이 바닥에 처박히지 않았다. 그렇다고 맥락 없이 막연한 희망을 품지도 않았다. 그들은 소소한 재밋거리, 즉 레몬 같은 것을 발견했다. 그의 소설을 다시 읽으며, 그리고 우리말로 옮기며 나는 소설 속 주인공이, 아니 가지이가 소소한 재밋거리를 '발견'하려고 애쓰는 모습이 안쓰러웠다. 레몬은 병을 낫게 해주지 않는다. 심지어 하루치 생명조차도 연장

해주지 않는다. 그럼에도 가지이는 생의 절박한 시점에 레몬이라는 폭탄을 설치하는 행위로 잠시나마 재미를 느낀다. 평생 병을 안고 살았지만 가지이는 누구보다 대범했다. 「레몬」뿐만 아니라 「교미」「태평한 환자」 등에 숨겨진 가지이의 유머를 발견할 때마다 나 또한 대범한 사람이 되는 듯한 소소한 만족감을 누릴 수 있었다.

정체를 알 수 없는 불길한 덩어리가 마음을 내리 짓누르고 있었다. 초조함이라 해야 할지 혐오감이라 해야 할지, 술을 마신 후 숙취가 오는 것처럼 매일같이 술을 마시면 숙취에 상응하는 시기가 찾아온다.

가지이 문학의 목적은 '불길한 덩어리', 즉 '권태감'에서 도망치는 것이다. 「레몬」의 '나'는 짜증을 가라앉혀줄 '하찮고도 아름다운 것'을 찾아 걷는다. 그리고 과일 가게에서 레몬 하나를 '숨 막히는 마루젠'에 몰래 두고 나온다. 그는 '레몬 근처에서

만큼은 묘하게 긴장감을 띠는 것'을 느꼈다. 레몬을 두고 도망치는 계획을 세운 가지이가 얻고 싶은 것은 무엇이었을까? 소설가 고지마 노부오小島信夫, 1915~2006는 그것을 "정신의 고양감이나 정신의 긴장감"이라고 말했다. 그의 명쾌한 정리처럼 가지이는 뒤죽박죽 생활을 이어간다는 '사소설'의 불투명성을 털어내고 권태감에서 긴장감으로 이어지는 정신의 구도를 올곧게 걸었다. 가지이는 권태감을 파괴하는 정신의 고양을 죽는 순간까지 추구했다. 살고자 하는 의지, 살고자 하는 것의 위대함, 살고자 하는 것이 자아내는 유머. 가지이는 병자였기에 건강한 사람들보다 더욱 '정신의 고양'을 바랐다. 가지이 문학의 본질은 여기에 있다.

가지이의 문학은 소수자를 위한 문학이기도 했다. 소설가이자 시인인 후쿠나가 다케히코福永武彦, 1918~1979는 가지이는 "좁은 삶의 영역에서 소수자 혹은 자기 자신을 위해 소설을 썼다"고 말한다. 그는 일반 독자를 의식하며 소설을 쓰지 않았다. 동인지를 벗어나 상업 잡지에 문단을 의식하여 발표한

「태평한 환자」도 독자를 염두에 두고 쓴 것이라 보기 힘들다. 그는 문학의 유행에 관심이 없었다. 문학의 근원을 여전히 희구하는 자들이 가지이의 문학을 아끼는 이유다. 가지이의 소설에서 자기 자신의 영혼의 목소리를 듣고 싶은 이들, 시를 읽듯이 산문을 읽고 싶은 이들, 그리하여 문학의 순수를 여전히 믿는 이들이 가지이의 작품 세계에 참여하는 것 같다.

어둠과 빛을 그려낸 소설가

가지이의 일생은 불행했다. 그는 평생 결핵과 싸우며 소설을 썼다. 그의 소설이 내면 깊숙이 침잠해 있는 이유다. 그는 수많은 초고를 썼고 친구들에게 수없이 편지를 썼다고 한다. 그 초고와 편지들이 작품의 밑그림이 되어주었다. 실제로 그가 남긴 작품은 20편 남짓이다. 대부분 10쪽 미만이고, 가장 긴 「태평한 환자」도 30쪽을 넘지 않는다. 『성이 있는 마을에서』는 30쪽 분량이지만, 6편의 단편을 묶

어서 가능했다. 그의 작품은 단편, 아니 소품이라고 부르는 게 마땅하다. 사람들이 그를 가리켜 소설가보다 시적 에세이 작가, 혹은 시인이라고 부르는 이유다. 하지만 그 20편의 짧고 적은 작품은 방대한 양의 초안을 다듬고 또 다듬은 결과다. 그 20편의 작품에 가지이는 생을 걸었다.

후쿠나가 다케히코는 가지이를 "어둠과 빛을 그려낸 소설가"로 말한다. '정체를 알 수 없는 불길한 덩어리가 마음을 내리 짓누르고 있었다'라는 「레몬」의 첫 문장에서 어둠과 빛이 동시에 느껴진다. 가지이는 청춘이 가진 불안을 알고 있었다. 고등학교 시절 그의 일기에서도 '침착하게 한 번 달콤한 눈물을 흘리고 보니 그것은 상쾌한 우울이었다'는 문장이 숨어 있다.

하지만 가지이의 작품은 밝다. '태평한 환자'라는 소설의 제목을 보라. 소설과 병. 가지이의 소설은 병자가 아니었다면 쓸 수 없는 지극히 건강한 문학이다.

그때 나는 굳이 "어디"라고 할 수가 없는
어둠에서 희미한 전율을 느꼈다. 그 어둠
속으로 역시나 절망적인 순서를 밟으며
사라져가는 나 자신을 상상하며 말할 수 없는
공포와 열정을 느꼈다. (중략) 나는 큰 불행을
느꼈다. 짙은 쪽빛으로 물든 이 계절의 하늘은,
그때의 나로서는 올려다보면 볼수록 그저
어둠으로만 느껴질 뿐이었다.

거대한 어둠과 하나가 되는 존재. 가지이는 어둠
과 하나가 되는 모순을 사랑했다. 그는 절망스러운
현실 속으로, 즉 어둠 속으로 한 발 내디뎠다. 「레
몬」에서도, 「어느 마음의 풍경」에서도, 「K의 승천」
에서도, 「교미」에서도 그는 어둠을 배경으로 삼았
다. 그리고 그 배경 속으로 가느다란 삶의 의지를
놓지 않았다. 어둠의 풍경 위로 떠오르는 현실의 사
물에 그는 매료되었다. 과일 가게 선반에 놓인 레몬
이 그렇고, 보름달이 그렇고, 먼 지평선 위로 떨어지
는 태양이 그렇다. 빛을 내재한 사물이 그에게 미의

극치, 생명의 충만, 무한한 행복이었다.

  가지이 모토지로에게 어둠은 현실이고, 빛은 탈출구였다. 세기말의 권태와 병자의 불안 속에서도 그는 '어떤 의지'를 잃지 않았다. 그 의지는 어둠 속에 떠오르는 물체를 보는 힘이다. 그 힘이 빛을 발산하고, 그 빛을 감지하며 그는 행복했다. 그의 소설이 자아내는 환상적인 풍경은 삶의 의지를 놓지 않은 그의 마음속 풍경이다. 그래서 가지이의 환상은 건강하다.

  눈앞의 죽음, 불안감 속의 유머

  「레몬」은 소설이라기보다 소품 혹은 산문시의 범주에 속할지도 모른다. 그럼에도 이 짧은 소설이 시간을 견뎌 오늘에 이른 것은 그 '정신'이 문학의 근본에 부합하기 때문일 것이다. '일본 근대시의 아버지'로 불리는 하기와라 사쿠타로萩原朔太郎, 1886~1942는 문학의 진정한 본질은 "생生에 대한 동물적인 격렬한 충동(의지)에서 나온다"고 강조했다. 그 의지가 대상을 향해 날카롭게 파고드는 부분의 본질에 대한 비교 해부학적 적출이어야 한다는 말도 덧붙였다. 그래서일까. 하기와라는 가지이를 가리켜 "일본 문단에서 보기 드문 본질적 문학자"라고 극찬했다. 그에게 가지이는 가장 격렬한 열정으로 창작하는 열정적 시인이자 동시에 가장 냉혹하고 무정한 눈을 지닌 염세적인 철학자였다. 실제로 가지이의 병들어 아스러진 육체는 강력한 의지가 담긴 충동 때문에 늘 괴로웠다. 병을 달고 살았기에 가지이의 세상은 좁았다. 대신 그 바닥은 깊었다. 그 좁고도 깊은 가지이의 세상 속으로 이제 당신이 들어갈 차례다.

가지이는 사망하기 두 달 전, 지인에게 보낸 편지에 다음과 같이 썼다.

빨리 일어나서 소설이 쓰고 싶습니다.
소설을 생각하면 흥분되어서 잠이 오지 않을
지경이라 큰일입니다. 그래도 최근에는 점점
괜찮아져서 딱히 생각 없이 낮이고 밤이고

잘 잡니다. 다음엔 그 소설의 속편을 쓰고
싶습니다. '태평한 환자'가 '태평한 환자'일
수 없는 부분까지 쓴 이야기를 전체적으로
완성하고 싶습니다. 그게 가능하다면 제게
주어진 일 하나를 완성하게 되겠지요.

— '이이지마 다다시에게 보내는 편지', 1932년 1월 31일

　가지이는 어쩌면 눈앞에 다가온 죽음을 예감했을
지 모른다. 하지만 그는 병상에서도 '다음'을 생각
하고 있었다. 소설 속에 그려진 '불안감 속의 유머'
뒤에 얼마나 절실한 발버둥이 있었을지 생각하면
이유 없이 숙연해진다. 가지이는 분명 자신의 소명
이 소설을 쓰는 일이라고 생각했을 것이다. 어떤 순
간에도 계속 '소설 — 자신의 일, 그것을 완수하는
것'만을 생각하며 살았던 작가의 작품이라면, 나 또
한 계속 읽는 것이 독자의 소명이 아닌가, 라는 생
각이 든다.

작가 연보

가지이 모토지로

1901년(1세) 2월 17일, 오사카大阪 시에서 아버지 소타로宗太郎와 어머니 히사ヒサ의 차남으로 출생.

1907년(7세) 진조尋常소학교에 입학. 아버지가 방탕한 생활을 하며 집안을 돌보지 않는 가운데 어머니가 읽어주는 와카和歌, 고전문학 등을 즐긴다.

1909년(9세) 12월, 아버지가 전근하게 되어 도쿄東京 도로 이사.

1911년(11세) 5월, 다시 아버지의 전근으로 인해 미에三重 현으로 이사.

1913년(13세) 3월에 우수한 성적으로 소학교를 졸업하고 4월에 미에현립 제4중학교에 입학한다. 학교에서 악보 읽는 법을 배운다.

1914년(14세) 3월, 중학교 1학년을 마치고 다시 오사카 시로 이사를 온다. 오사카부립 기타노北野중학교 전입 시험에 합격.

1919년(19세) 4월, 교토京都 부에 있는 제3고등학교 이과에 합격하여 기숙사 생활을 시작. 여기서 평생 친구인 나카타니

다카오中谷孝雄, 1901~1995, 소설가 등을 만난다.

1920년(20세) 5월, 늑막염 진단을 받고 집으로 돌아와 요양한다. 9월, 폐첨 카타르 진단을 받고 어머니가 학업을 포기하라 했으나 결국 학교로 돌아온다.

1924년(24세) 3월, 고등학교를 졸업하고 상경하여 도쿄제국대학 문학부 영문과 지원. 10월에 나카타니 다카오 등과 동인지 《푸른 하늘》을 창간. 습작 「세야마 이야기瀬山の話」에서 일부를 떼어낸 단편 「레몬」을 쓴다.

1925년(25세) 1월에 「레몬」을 게재한 동인지 《푸른 하늘》 창간호를 발행. 역시 훗날 우정을 이어갈 요도노 류조淀野龍三, 1904~1967, 문예평론가, 프랑스 문학자, 미요시 다쓰시三好達治, 1900~1964, 시인, 번역가, 문예평론가 등을 알게 된다.

1926년(26세) 1926년 말, 각혈이 심해져 이즈伊豆의 유가시마湯ヶ島 온천으로 장기 요양을 떠난다

1927년(27세) 요양 중 가와바타 야스나리川端康成와 교류하며 그의 작품 교정을 돕는다. 6월 《푸른 하늘》은 폐간되었다.

1928년(28세) 요양을 마치고 도쿄로 갔다. 3월에 「창공蒼空」, 5월에 「기악적 환각」「겨울 파리冬の蠅」 등을 동인 문예지에 발표. 7월에 「어느 절벽 위의 감정ある崖上の感情」, 12월에 「벚나무 아래에는桜の樹の下には」을 발표하는 등 투병 중에도 활발하게 작품 활동을 지속한다.

1931년(31세) 5월, 작품집 『레몬』이 간행되었다. 12월, 이전부터 집필하던 「태평한 환자」를 완성하지만 집필과 이사가 이어지며 무리가 쌓여 병상 생활을 하게 된다. 12월 24일에 처음으로 원고료 230엔을 받는다.

1932년(32세) 1월에 「태평한 환자」를 《중앙공론》 신년호에 발표한다. 2월부터 호흡곤란이 이어지고 3월 17일 상태가 더욱 악화되며 죽음을 인식한 듯 일기가 끊긴다. 3월 24일 오전 2시에 영면.

1934년(사후) 3월과 6월에 요도노 류조, 나카타니 다카오 등이 중심이 되어 『가지이 모토지로 전집(상/하)』 발행.

— 출처: 위키피디아 및 『가지이 모토지로 문예독본梶井基次郎
文芸読本』(河出書房新社, 1977)

레몬

초판 1쇄 발행 2019년 3월 20일
초판 3쇄 발행 2022년 6월 15일

지은이 가지이 모토지로
옮긴이 안민희
펴낸이 윤동희
펴낸곳 북노마드

편집 김민채 황유정
디자인 석윤이
제작 교보피앤비

출판등록 2011년 12월 28일
등록번호 제406-2011-000152호
문의 booknomad@naver.com

ISBN 979-11-86561-57-7 04830
       979-11-86561-56-0 (세트)

www.booknomad.co.kr

북노마드